「そこまでにせんか。依頼人の前だぞ」

そう言葉を出したのはもうひとりの男。

大柄で綺麗に和服を着こなしているが顔が少し悪人面だ。

俺の予想だと彼が噂の大蓮寺という霊能者のはず。

というか横に牧奈がいるから間違いない。

「失礼しました」

俺はそう言って頭を下げ、部屋のすみへ利奈と移動する。

「あの、勇実さん……」

そうどこか心配そうな利奈の頭を撫でる。

「心配しないでいい。出来るだけ俺の傍にいるんだよ」

「は、はい！」

「まぁ探してみればいいか」

少しだけ力を籠め、魔力を放出する。

この山一帯を覆うほどの魔力を展開し、何か異物がないか探った。

ちなみに今回は演出用の光は出していない。

流石に山が光ったら悪目立ちしてしまう。

「なるほど、なるほど。こりゃどうしたもんかな」

どれ、試してみよう。「〝閃光の槌《フラッシュ・トール》〟」

追放された異世界勇者

～地球に転移してインチキ霊能者になる～

1

著：カール
イラスト：朝日川日和

KN
Kinetic Novels

勇実《いさみ》礼士《れいど》
（レイド）
あまりにも強すぎたことで、異世界の神ですら手に負えず、強制的に地球へと送られた元勇者。転移後も実力はそのままで、強力な光魔法を得意とする。地球の怪異をモンスターと捉え、霊能者として生活することになった。

地球に転移した礼土が、怪異から初めて助けた少女・利奈と、その姉の栞。成り行きでインチキ霊能者として活動を始めた礼土の協力者となっていく。
山城《やましろ》利奈《りな》
山城《やましろ》栞《しおり》
田嶋《たじま》彰《あきら》
区座里《くざり》光琳《こうりん》
田嶋不動産の経営者。礼土の実力を認めて事務所開設を斡旋するが、なぜか本人からは避けられ気味。
依頼主に妖しげな魔除けを売りつける異端の霊能者。独自の理論を持つ。
大蓮寺《だいれんじ》京滋郎《きょうじろう》
その実力は誰もが認めているが、守銭奴との噂もある高名な霊能者。
Characters

CONTENTS

プロローグ

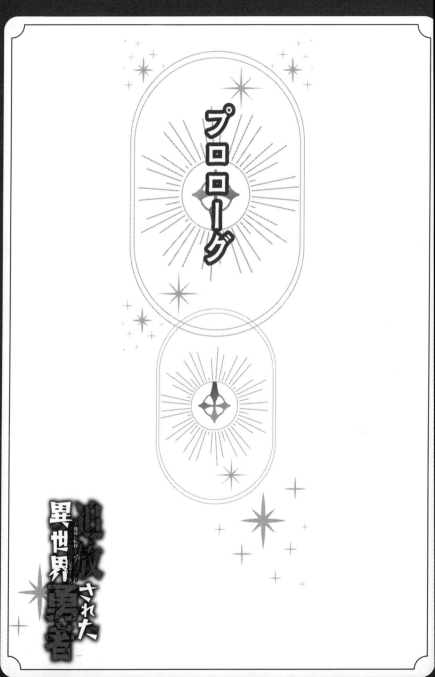

「レイド、すまないがもう君とはパーティを組めない。出て行ってくれないか」

冒険者たちが集う都市フルニク。その宿屋の一室。もちろん駆け出しの冒険者が使うような安宿ではない。一泊銀貨30枚。安い宿なら一ヶ月は住めるような金額の宿屋だ。

その宿の相部屋に、二人の男がいた。

一人は青黒いローブを纏った軽装の男。ベッドに腰を掛け、もう一人の男を睨んでいる。銀髪の三白眼。目つきは悪いが、非常に整った顔立ちをしており、いわゆる近寄り難いタイプの美形だ。

もう一人は金属の鎧に身を包んだ男。金髪の長い髪が首に掛かりそうな程であり、こちらは甘い顔立ちをしている。どこか母性を刺激されるタイプの美形である。両者極端な男が二人向き合った形で緊張状態になっていた。

「……なぁ。なんでだよ。おかしいだろうがよぉ！！！」

銀髪の男レイドは吠えた。

「すまない」

レイドの怒声に金髪の男アルトは頭を下げたまま顔を上げない。その額には汗が滲み、雫となって握った拳へ落ちていく。

◆

俺は混乱していた。

なんで仲間であるアルトにこんな事を言われないといけないか。楽しく一緒に冒険をしていたというのに。

「……俺達上手くいってただろ！　なぁ覚えてるか、オークの群れに襲われたときの事だ」

「ああ。覚えてるとも」

「一緒にオークたちの群れに飛び込んでいったな」

オークの群れを討伐する依頼を受けた。オークの数は優に数百匹。住処《すみか》でもない場所にこの数は異常だ。当然上位種であるオークキングもいた。しかしそれは序章でしかなかった。

「もちろん覚えているよ、レイド。あのオークの群れが突然発生した理由は元々オークの住処があった場所に上位の地龍が現れたからだったね」

「そうだ。オーク共と戦いながら俺はその地龍とも戦い、お前たちを守った！」

血の滾《たぎ》るなかなかの激闘だった。迫りくるオークの群れを魔法で倒し、さらには巨大な地龍と戦う。実に胸躍る戦いだったと言える。

「ああ。君のお陰で僕たちは助かった」

「そうだろう。そういえば、沼地にいったときの事を覚えてるか？」

「もちろんだ」

「あのとき、沼地に古代遺跡を見つけて旧時代のゴーレムが襲ってきたときがあっただろう。あのときも俺達は遺跡の殺人トラップを潜り抜けながらミスリルゴーレム達と戦ったな」

遺跡に設置された防衛機能を掻い潜り、襲ってくるゴーレムを倒し、全部素材として持ち帰った。なかなかいい金になった。あの日の豪遊は忘れられない。

「――レイド。あの遺跡は今じゃ禁止区域になっているらしいよ」

「そうなのか？　ミスリル取り放題だろうに」

「普通はミスリル製のゴーレムを倒す手段はないからね」

「それは残念だな」

確かに硬いが、俺にとって簡単に倒せる相手だ。だから金がなくなったらまた狩りに行こうと思ってたくらいだ。

「そういえば、盗賊退治の依頼の件。覚えてるか？」

「もちろんだ。貴族の馬車を襲った盗賊を退治するっていう簡単な任務だったからね。……もっとも、実はその盗賊が隣国の騎士達で、なにやら秘密文書のやり取りをしていたなんて思いもしなかったけど」

「あぁ、あのときボコボコにした騎士団長のやつ覚えてるか？　何が重大な協定違反だよ。先に国境越えて賊まがいのことしてたのはてめぇらだろうがよ、ってなぁ？」

ここフルニクはエマテスベル王国の東部にある。そしてこの国の北方には何年も戦争を繰り返しているハンス王国という国がある。

数年前のゴタゴタで停戦協定を結び最近は平和になっているが、元々エマテスベル王国とハンス王国は犬猿の仲であり、しょっちゅう戦争をしている。いつか停戦協定を破り、また戦争が起きるだろうと予想する者が多かった。だがエマテスベル王国の貴族とハンス王国の貴族が共謀し、なにやら悪巧みをしていた。その証拠を俺たちは偶然押さえたのだ。

そのやり取りに使っていた書類も、ハンス王国の騎士団団長も、他数百名の部下も全員捕縛し、エマテスベル王国に渡したから今はゴタゴタしているだろう。

「いやぁ大冒険だった。楽しかったよな。――なのに、なんで解散なんだ！」

「……解散じゃない。申し訳ないが、レイド。君にパーティから出て行ってほしい」

「だからどうしてだよ‼　俺は必死にお前たちを守っただろ⁉　金だって手に入って山分けしたはずだ！　なんでだよ……俺たちの絆は嘘だったのかよ。一緒にデカくなろうって約束したあの日の酒は嘘だったのかよぉ！！！」

俺は絶望していた。気のいい奴らだと思っていた。なのに、俺だけ追い出すなんて、どうしてだよ。

「レイド。君のせいじゃない。僕たちが、僕たちが君についていけないんだ。――なぁレイド。今君が語ってくれた思い出を忘れるはずが無いだろう。なんせ――君とパーティを組んだのは3日前なんだぞ！　酒を飲んだっていうが、あれはパーティを組んだ初日の話だろう！」

ここにきてアルトは溜まった物を吐き出すように声を上げた。

「……時間なんて関係ないだろ？」

そう、俺がアルトたちとパーティを組んだのは3日前だ。でも、時間なんて関係ない。俺たちは誰よりも濃く濃密な時間を過ごしたはずだ。

「濃密なんてものじゃないんだよ、レイド！　3日。そうたった3日だ。なんで君とパーティを組んでたった3日で上位の地龍と戦い、未発見の古代遺跡を発見し、ハンス王国の企てを止めるなんて事になるんだ!!」

「お、俺のせいじゃ……」

「そうだ。分かってる。君のせいじゃない、レイド。でも、君とパーティを組んでからずっとそうだ！　正直ついていけない。地龍に足を食われたときも、ゴーレムに腹を潰され、骨と内臓が潰れたときも、騎士達に針ねずみのように矢を射られたときも、全部君が持っている最上級ポーションで治癒してくれた。そして、迫りくる敵は全部君が倒した！　そうしなければ僕たちは間違いなく、いや確実に死んでいた。――もう無理だ。無理なんだ。すまないレイド」

そう言って泣き出したアルトを俺は責めることが出来なかった。静かに肩を叩き、静かに部屋を後にした。あぁ、屋内なのに雨が降ってやがる。今日の雨は少し塩辛いな。


そうして俺はパーティを追い出された。

もう同じ宿には泊まれない。俺は失意を胸に宿を出た。雨雲が流れ、今にも雨が降りそうな天気にため息が出る。雨が降ろうがそれでもバカ騒ぎをする冒険者が多いこの街でまるで亡霊のように彷徨《さまよ》い歩いている。そんなとき、いっそう賑やかな声が聞こえた。視線を向けると街の酒場だ。軒先で樽をテーブル替わりに酒を煽り冒険譚に花を咲かす野郎どもを見て、俺はまるで吸い寄せられるように酒場へ寄り、この薄暗い気持ちを忘れるように酒を飲んだ。


「ん……ここはどこだ？」

『目が覚めたようじゃな、勇者レイドよ』

見覚えのない場所だった。

昨夜はパーティを追い出された腹いせに随分飲んだが、酔いつぶれるほどではない。自慢じゃないが酒で酔いつぶれたことなんてないんだ。あのドワーフ達とだって飲み勝ったことがある。だから、酔っ払って知らない場所に行ったということだけはないはず。記憶通りなら新しく取った宿屋で寝たはず……なんだがここは本当にどこだ。

見渡す限り何もない。木も、土も、草も、山も、雲だってない。浮遊感もないのに、自分の身体が浮いているという違和感を覚えながらも、妙な声がする方へ視線をやった。

『ふむ、流石は勇者じゃ。落ち着いておるな』

そこに人の形をした何かがある。だが、目を凝らしても何も見えない。光魔法を使い探知を掛けようとしたが、魔力が上手く練れない。どういう事だ、心の中で舌打ちをする。

『警戒するでない、儂はそなたが住んでいた世界を管理していた者じゃ』

「管理だと？」

世界を管理していた者と言われて頭に思い浮かんだもの。まさか、〝名も無き創造神〟か？　その昔、人間を生み、育てたとされる神。魔王を生み出す邪神とは対を成す存在とされている。

『確かにお主らからはそう呼ばれておるな、さて勇者レイドよ。魔王の討伐、誠に見事であった』

「――いや、運が良かっただけです」

『謙遜するでない。歴代最強と名高い魔王をたった一撃で倒したのだ。本当に驚いたぞ、いやマジで』

なんか急に俗っぽい感じになったような気がする。気のせいだろうか。

「それで神がどのような用件ですか？」

『うむ。それなのだがな……レイドよ。お主の救いを求めている場所がある。そこへ行ってはくれぬか？』

「はぁ……それはどこでしょうか？」

『地球という別の世界じゃ』

地球。聞いた事がない場所だ。というか、世界って言ったか？

「何故私なのでしょうか？」

『お主は紛れも無くこの世界最強の生物じゃ。そのお主であれば間違いないと考えたからじゃの』

「なるほど、して具体的にどのような危機なのですか？」

なるほど、面白そうな気はする。違う世界というのは少し、いやかなり気になるが興味もある。とりあえず話だけでも聞いてみよう。

『う、うむ。そうさな……何か悪霊がいたり、変な化け物がいたりするらしい』

――どうした急に挙動が怪しくなったぞ。

「悪霊や化け物？　エルダーリッチとか真祖のヴァンパイアなどそのような類《たぐい》でしょうか？」

その程度なら問題はない。以前出会ったときは光魔法でひき肉になるまで切り刻んだことがある。不死のヴァンパイアが泣きべそをかくのは見ていて面白かった。エルダーリッチは不死じゃなかったから倒して終わりだったが、ヴァンパイアの方は不死のためか、何度殺しても生き返る。

不死殺しの手段もあったのだが、当時は俺もストレスを溜め込んでいた事もあり、復活するごとにストレス解消のためにわざわざ探して殺しに行っていた。そうしたら、あいつめ……俺が近くに来たら全力で逃げるようになりやがった。視界に入りさえすれば確実に逃がさないんだが、あいつの魔力探知領域が段々と広くなっていき、気付けば俺では探知出来ない距離から俺の場所を感知し、俺がどこまで追っても必ず世界の反対側にいるようにして徹底的に逃げるようになったため、追うのを諦めた記憶がある。

あいつ、元気だろうか。

『あー……そんな感じじゃと思う』

「そんな感じ？　正直その程度の魔物なら俺が行く必要はないかと思いますが……」

『いや、お主の力が必要なのじゃ！　どうか力を貸してくれぬか？』

「はぁ……それで倒したら帰れるんですよね？」

『……力を貸してくれぬか！！！』

「おい、爺《じじい》。ちゃんと答えろ」

思わず敬語を忘れてしまった。いや、それどころではない。この爺、話を逸らしやがったぞ。顔は見えないが、もし目があったら絶対に目を逸らしてるんじゃないだろうか。

『勇者レイドよ。お主の力でこの世界は十分に救ってもらった。その強力無比な力で他の世界を救って欲しいのじゃよ』

「帰れるんですか？」

『……』

何故黙る。ん、あぁそうか。神だから嘘がつけないのか？　なるほど、恐らく嘘をつくという概念が無いのだろう。そりゃそうだ。嘘をつくのは人間だけなんて言うくらいだしな。自分を誤魔化し、相手を欺く。そんな事をするのは人間くらいだろう。

『勇者レイドよ。お主の力で――』

「え？　まさか帰れねぇって事ないだろうな!?」

同じ事ばかりを繰り返そうとする爺の言葉を遮り、もう一度質問を投げた。

『非常に、困難……いや、帰還は絶望的……、いや、戻ってくるのは――不可能じゃ』

「不可能って言いやがったな！　ってか帰れない!?　じゃあ、俺はどうすりゃいいんです？」

『その新しい世界の住人となり暮らす事になるだろう』

ふざけんな、完全な片道じゃねぇか。異世界に興味がねぇって事はないが、戻れないなら話は別だ。どうせ魔王なんて後１０年もあれば誕生する。どの程度、強い奴がいるか知らないが、話を聞いた感じだとそこまでは無さそうだしな。

「……お断りします」

『何故じゃ、勇者レイドよ。お主の力を必要としているかもしれぬ世界があるのじゃぞ。そこに行こうとは思わんのか？』

「まて、必要としているかもって何だ。かもって」

『……』

そういやさっきっからその辺すげぇボカされてるんだよな。悪霊や化け物がいると言っていた。ならば嘘ではないのだろう。だが、一言でも強いとか強力な存在という言葉はあっただろうか。いやない。そもそもその地球は本当に俺の救いを求めているのか？

「先ほど言っていた世界の霊や魔物とはどれ程の強さなのでしょうか」

『お主の力でならば十分に倒せる存在じゃ』

「その言い方だと、〝俺の力で倒せる存在〟というだけですよね？　それだと、スライムから魔王まで同じ〝倒せる存在〟になりますが、具体的な強さは？」

『……さて、どうじゃったかな』

「答えろや、爺ッ！」

確信した。絶対強くない！　間違いなく雑魚だ！　そんな雑魚を倒させるために、俺に見知らぬ世界に行って骨を埋めて来いっていうのか!?

「絶対に行きません」

『……ふぅ。勇者レイドよ。済まないがこれは決定事項なのじゃ』

「はぁ!?　ふざけんな！　どうしてだよ！　理由言え、理由ッ!!」

納得出来るか！　どういう事だ、理由くらい説明しろ！

『遡る事数千年。儂等は一つの遊びを思いついたのだ。それはこの世界で人間と魔人を競わせるという遊びじゃ。それぞれの陣営から〝勇者〟と〝魔王〟という役職を選び、競わせる。どちらかが負ければそこから10年は勝った陣営が世界の覇権を握る』

ちょっと待て、この爺恐ろしく重要なことをさらっと言いやがったぞ？　つまり10年ごとに勇者や魔王が現れるのはこの爺と、もう一人似たような奴、いやこの場合邪神だな、その二人でそう決めたから……？　てか、遊びってなんだ！　魔王との戦いで大勢の人間が死んでいったんだぞ!?

『人の生き死にも、魔人の生き死にも世界から見れば些細な問題じゃ。それゆえ、両陣営の繁殖能力は高くしておるわけじゃからの。そしてもう一つの決まりごとがある。負けた方の役職、今代の場合じゃと魔王の方じゃな。その魔王の力を今の勇者、つまりお主と同じになるように、次に生まれる魔王は調整されるという事じゃな』

なるほど、道理で段々と強くなってきたと思ったぜ。

『そう、本来であれば、お主が過去3回に渡って魔王を倒すというのは儂等にとっても想定外なのじゃよッ！　おかしいじゃろ!?　今回生まれた魔王なんて全魔力を放出すれば山を吹き飛ばすことなぞ容易いほどの力を持っておったのじゃ！　それなのに、一撃って……お主は悪魔か!?』

「人間だわっ!!」

逆ギレしやがったぞ、この爺!?　でもおかしいと思ったぜ、3回目に戦った魔王が妙に強い感じがするから、3つ山の向こうから一方的に攻撃して滅ぼしてやったのは正解だったようだ。

『お主が誕生して5歳で最初の魔王を殺し、15歳で2回目の魔王を笑いながら殺し、25歳で3回目の魔王を瞬殺するなんぞ前代未聞じゃぞ!? お陰で魔王陣営の管理者から苦情が来たわ！　と、いうわけでお主にはこの世界から出て行って欲しい……というか出てってくれぬか』

パーティまで追い出され、世界からも追い出される勇者って何なんだよッ！　ていうか、そこまで手の込んだことせず、俺を殺したらいいだろうが！　世界の管理者なんだろう!?

『殺そうとしたんじゃッ！　お主が外に出たときに、近くにいた大きめの地龍に襲わせたり、古代兵器のゴーレムに襲わせたり、好戦的な国を向かわせたり、やれることはやった！　だが、お主は悉《ことごと》くそれを殺し、壊し、壊滅させておったッ!!』

「おい、それ全部身に覚えがあんぞ!?　てか、おまえの仕業か爺ッ!!」

くそ、ここだと魔法が使えないのが悔やまれる。魔法が使えれば絶対殺すのにッ！

『この管理領域に呼ぶことは出来てもここで殺すという事は出来ぬ……そのため、最終手段としてお主には異世界へ行ってもらおうという事じゃ。既に向こうの世界の管理者と話は付いておる。……すまぬこれも世界のため。諦めてくれぬか……』

世界じゃなくて、魔王のためだろうが!!　くそ爺め、世界を遊戯盤みたいにしやがって!!

『さて、名残惜しいがもう移動してもらうとしよう。安心せい、儂もお主が憎いわけじゃない。力や能力はそのままで良い。後その世界の言語や常識もお主に与えよう。ついでにその世界の金銭も渡す。向こうに着けば何もかも理解出来るはずじゃ』

「……全ッ然納得してねぇけどな！」

『ではさらばじゃ勇者レイドよ！』

視界が暗くなっていく。転移が始まろうとしているのだろう。というか、非常に気になる事がある。

段々と強くなっていく魔王。

3回目に戦った魔王は正直な話、超遠距離から一方的に攻撃しなければ俺もそれなりに苦戦していたと思う。という事はだ、次に生まれる魔王は更に強いって事だよな。次に生まれる勇者は大丈夫なのだろうか。

まぁもう俺には関係ねぇか！

最初の除霊

追放された異世界勇者
〜地球に転移して、[illegible]になる〜

目が覚めた。薄暗い場所だ。くそ、頭痛が酷い、割れるみたいだ。覚束《おぼつか》ない視界で周りを見ると本当に見覚えの無い場所だ。寝転がるのが精一杯の狭い密室。壁で囲まれており、目の前になにやら光る四角形のような箱がある。床に手を着き、身体を起こす。

「――あぁ、そうか」

段々と頭痛が治まってきた。なるほど、異世界の知識ってやつが俺の頭に入った影響がさっきの頭痛なのだろうと考える。しかし、なぜ俺はここにいるんだ？

っていうかここって――。

「・・・漫画喫茶か？」

そうだ、漫画喫茶。通称〝まんきつ〟。目の前の光る四角形はパソコンのモニターだ。漫画やインターネットを楽しむ場所のはずだが、何でここに……。

まぁいきなり森やら山に放り込まれるよりはマシか。周りを見ると、肩掛け鞄があった。恐らく俺のものだろう。中を物色するとそこには財布、スマホ、筆記用具が入っている。

財布の中を見ると1万円札が3枚。さらに中をよく見ると免許証があったので見てみると、俺の顔写真と実家の住所、そして勇実礼土《いさみれいど》という名前が書かれていた。与えられた記憶によると、実家として記載されている住所は日本の北海道という場所の田舎の一軒家とされている。

免許証を見て色々理解できるようになる。なるほど、しっかりと住所や名前など戸籍もあるようだ。これなら不審人物として警察とやらのお世話になる事もないだろう。そしてどうやらこの世界の俺の身分としては天涯孤独の身という事になっているらしい。

「っていうかそれならその家でいいだろう、何でここに転移だったんだ？」

そう愚痴を零しながらスマホを立ち上げる。四葉純友銀行のアプリを立ち上げ、顔認証で口座を開く。残高は10,000,000円と書かれている。この地球では随分な大金だ。

多少の無駄遣いをしても十分に生きていけそうな金額に思わず笑みが零れる。向こうの世界では、今よりも金を持ってたけど、そこまで使うこともなかったが、ここでは違う。地獄の沙汰も金次第という悲しい諺《ことわざ》だってあるのだ。

(腹減ったしとりあえず、外行くか)

店員から預かったレシートを見ると、入店したのは3時間前のようだ。一応フリータイムで入っているようで、まだ退室時間まで時間はある。

出ようと思ったがもう少しここにいてみるか、狭いが居心地は悪くない。それにここで飯も頼めるようだ。――よし、ピザってやつを頼んでみるかな。


(ふぅ、美味い！　それになんだよこれ、面白れぇ！)

まず頼んだピザという食べ物。知識にはあったが食べるのは初めてだ。これが美味かった。お代《か》わりで3枚も食べてしまった。

それにこの漫画という書物だ。最初は読むのに苦戦してしまったが、読み方になれてしまえばこれが面白いのなんの!!

とくにこの死神という日本の神を題材にした漫画だ。全74巻という圧倒的なボリュームの作品は本当に面白かった。この作者のことは師匠として崇めよう。

特に詠唱とか技の名前とかすげぇかっこよかった！　今度俺も魔法を使うときは参考にしないとな！　何せイメージすれば魔法なんて使えるから、詠唱や技に名前を付けるというのは驚きだった。

基本的に魔法を使う際、パーティなどの団体行動時には仲間に伝えるために口にすることはある。だが敵にも伝わっては意味がない。だから魔法名は暗号として仲間だけがわかる言い方になる。

だがこの作品では違う。かっこいいのだ。ただただかっこいい。もうカッコつけるための技名という感じだ。

敵に伝わる？　それがどうした。

これは浪漫だ。俺は今まで戦った魔物達を殺すのに、一瞬の間も与えず、光魔法を叩き込んでいた。そうだ、俺に足りなかったのはこれなんだ。

ありがとう師匠。俺に足りないものを教えてくれた。

また必ずここに来よう。漫画喫茶という聖域に出会い、俺は満足して会計に行った。


「あぁ……時間オーバーっすね。延滞料かかりまーす」

「……はい」

くそ、4時間もオーバーしてしまった。だが、聖書に出会えたと思えば安い出費だ。外へ出るとすっかり夜だ。スマホで時間を見ると既に夜22時。さて、宿は……いやホテルか。辺りを見回すが、似たようなビルばかりでどれがホテルかさっぱり分からない。

適当に誰かに聞くか。声を掛けられそうな人を探す。するとちょうど急ぎ足で帰る女を見つけた。ちょうどいいあの子に聞こう。

「ごめんね、ちょっといいかな」

「ひッ！　え、だ、誰ですか？」

声を掛けたら凄いビビられた。俺とは違う黒い髪の女の子。流石にこんな遅い時間に俺みたいな男が声を掛ければ仕方ないか。

「あぁ、驚かせてごめんね。ちょっと道を聞きたくてさ」

「え……ごめんなさい、ちょっと急いでて……」

そう言うとその女の子は忙《せわ》しなく後ろを見ている。それにしても随分若い。与えられた知識から当てはめるなら、ちょうど高校という学び舎に通っているくらいの年齢じゃないだろうか。

そう考えると違う疑問も湧いてくる。知識通りならば、この時間は外にいる時間じゃないはずだ。

「っていうか学生だよね？　こんな時間まで遊んでたの？」

「ごめんなさい、ナンパなら後にして下さい！　本当に急いでるんです！」

そう言って走りそうになった女の子へ俺は更に気になった事を言った。

「もしかして後ろにいるやつが原因？」

「――ッ！　え！　み、見えるんですか!?」

凄い勢いでこちらを振り向き、息が掛かりそうなくらい接近する女の子。その目は信じられないものを見るかのように見開いている。

「ああ。何か君と繋がりのある気配がある。もしかしてそれから逃げてるのかな？　それなら安心してくれ。俺がいれば近寄れないから」

「ほ、ホントです！　さっきまで息が掛かるくらい近くにいたのに、今はあんなに遠くにッ!!」

しかしゴースト。いやこの国だと幽霊というやつか。なぜここにいる？　こういう存在はこの世界だと稀有だと思っていたんだが……だが今は考えるのはよそう。これは使える。弱みに付け込むようで大変恐縮だが、こんな知らん場所で野宿は嫌だ。

「助けてあげるから俺のお願い聞いてくれない？」

ホテルの場所を教えてもらおう。漫画の読みすぎで寝たい。瞼が重いのだ。くそ、以前は徹夜で吸血鬼を追いかけていた事だってあるんだが、流石に聖書を70冊以上も読んだため、疲れがあるようだ。

「お願いって……何ですか？」

「簡単さ、ホテルに連れてってくれ」

「ほ、ホテルぅ!?」

「そうさ、驚くようなことじゃないと思うけどね。君も子供じゃないんだ、分かるだろ？」

俺はもう25歳の大人だ。知っているんだ。この世界で野宿するやつは変な目で見られるんだろう？

なら野宿なんて絶対したくない。そんな事子供だって分かるだろう。

だが、子供扱いしてはいけない。どの世界であっても子供を子供扱いすれば碌なことにならない。大人の扱いをするのがスマートなやり方ってやつさ。

「そ、そんないきなり言われても……私初めてで」

顔を赤くして必死に考える様子を見て俺は考える。まぁこのぐらいの子供なら親と一緒に住んでいるだろうからな。もっとも俺がいた世界ならこのくらいの子供でも安宿に泊まっている奴はいた。というか、俺が初めて宿に泊まったのは7歳の頃だったなぁ。

「大丈夫、誰だって初めてはあるよ。気にすることじゃないさ。大事なのは経験をする事だ」

「け、経験……！」

気のせいか顔が赤いような気がする。ふむ、体調が悪いのだろうか。

「優しくリードしてくれますか……？」

「ん？　もちろんさ」

いや、道を教えて欲しいのは俺だ。何を言っているのだろうか。よく分からず適当な返事をしてしまったが、女の子は嬉しそうだ。

「じゃあ、追い払うから後ろにいてね」

「は、はい！　気をつけて下さい！」

……応援されるっていうのは嬉しいものだ。いつのまにか俺の周りは、俺が魔物を倒して当たり前と思うような奴ばかりだった。倒して当たり前。下手に被害を出せば苦情が来る。

ドラゴンを倒しても、飛んだドラゴンが堕ちた衝撃で建物が壊れようが、窓が割れようが全部俺のせい。オーク達を倒しても、俺が到着する前に女が攫われていれば俺のせい。敵国の軍隊が攻めてきて、それを殲滅しても、道中の村が襲われれば俺のせい。

あぁ、そう考えると、あの世界から追い出されて良かったのかもしれない。

女の子を後ろに庇い、道路の奥を見る。道路の街灯が明滅し、その暗闇にいる存在がより強大になっていく気配を感じる。距離として約50メートル。それ以上近付いてこないのは俺の力を恐れているからなのだろう。

だが、余程この娘が憎いのか諦める気配はない。

「まぁ逃がすわけないいんだけどさ」

右手の人差し指と親指に魔力を集める。淡い光が俺の指を照らす。落ち着け、ここからが大切だ。心臓が速く鼓動する。3回目の魔王を殺したときだってこれほどの緊張はなかった。

ゆっくりと、焦らすように右手を前に出す。そのとき若干右足を前に出し、少し足をクロスさせることも忘れない。出来るだけ、余裕の笑みを浮かべ、前に出した右手を頭の横まで上げる。

(落ち着け、出来る！　俺なら出来る！)

手汗が凄い。大丈夫、俺ならやれる！　指に力を入れ、ゆっくりとしかし力強く、そして確実に音が出るように親指から人差し指を滑らせた。

カスッ。

(ぎゃーーー！！！　音がでねぇ！！！！　指パッチン失敗だぁぁあああ！！！！)

くそ何たる恥。これは……練習が必要だ。綺麗にパチンとなるように特訓しなくてはならないッ！

ちくしょう、おのれ、よくも俺に恥を——てめぇは俺を怒らせた！！！

魔法を発動する。演出のために纏っていた指の光のオーラが拡散し、辺りを照らす。そして、それとは別に目の前にいる存在から幾重もの光の棘が飛び出す。

『ギエエエエエアアアアア』

俺の得意技であり、初見殺しの光魔法。——名付けてッ！！！！

「〝閃光の棘《フラッシュ・ニードル》〟」

魔力を纏った光の粒子を飛ばし、付着した部分に光の棘を生やすという魔法だ。光の粒子が付着した箇所から直径30センチメートルほどの棘が生えるため、防御も不可。大抵は魔物の眼球に当てて視界を奪うのに重宝していた魔法で、燃費も悪くない。他の魔法使いにいくら教えても最後まで理解してくれなかった俺の十八番《おはこ》だ。

「す、すごい……」

後ろから女の子の声が聞こえる。上手く指パッチンの挽回は出来ただろうか。どうやら他の漫画《バイブル》をもっと読んだ方がいいかもしれないな。そう思いながら、俺は後ろを振り向いた。助けた女の子が胸の前で手を組み、目を見開いて俺を見ている。感謝の気持ちを受け取るのは悪い気がしない。

「あ、ありがとうございます！　あの悪霊をまるで魔法みたいに除霊するなんてすごい！」

「いやいや、大したことないよ。それより、約束覚えてる？」

「ッ！　は、はい。ちょっと待っててください！　親に連絡だけ！」

そう言うと小走りで女の子は少し離れ、スマホをなにやら弄り始めた。何を連絡しているのだろう。

ただ道を教えるだけで両親の許可がいるのだろうか。そんな常識はあの爺から与えられてないんだがな……。

「お、お待たせしました！　確かこっちです」

「うん、ありがとう」

「あ、あにょ！」

「え、どうしたの？」

いや、マジでどうした。俯いていて顔は見えないがどういう訳か状況が悪化しているように感じる。ゆっくり肩に触れた。

俺に触れられ驚いているようだが、逃げはしない。というか体温が高い。病気なのか？　何の意味があるかさっぱり分からないが、こういうときは額に手を当てる風習があるらしい。そのため俺は少し屈み、女の子の額に手を当てた。

「————ッ！！！！」

やはり熱が上がっている。参ったな、俺は回復魔法とか出来んぞ。ポーションもないし、どうしたものか。

「大丈夫かい？　どこかで休憩しようか？」

「きゅッ！　休憩でしゅか!?」

——大丈夫か？　この子。

　初めての地球で過ごす夜。驚いた事にこの世界は夜でもかなり明るい。治安も良いようで夜に歩く人は俺たちだけではなく、結構女性だけで歩く人もいる。随分無防備に歩いているが、それだけ平和な国という事なのだろう。

　コツコツと靴音と街の雑音だけが妙に耳に残る。なんだろう、気まずい。何か話した方がいいかな。

「そういえばなんであの霊に追いかけられてたの？」

「……色々ありまして」

　聞かない方が良さそうだ。俺のいた世界だとこんな若い子が夜1人で外に出たら襲ってくれと言っているようなものだ。だがこの世界ではそうではないらしく、俺の横を歩いているこの子以外にも、結構若い子は多いようだ。

「あ、そうだ。名前聞いてなかったね。俺は勇実礼土っていうんだ」

「勇実さんですか？　あれ、日本生まれなんですね。てっきり海外の方だとばかり……」

「生まれは日本なんだよ」

「なるほど。だからそんなに日本語が上手いんですね。私は山城利奈《やましろりな》って言います。」

　日本語、そうか。無意識に話して気づかなかったが、一応現地の言葉をしっかり話せているんだったか。これはありがたい。戸籍、現金、最低限の知識、結構便宜を図ってくれたらしい。逆に言えばもう帰ってくるなって事なんだろうが……。

「あ、あの……あそこです」

「ん……あれか」

随分煌びやかな建物がそこにあった。なんていうか思ってたのと違う。宿泊施設にしては豪勢過ぎないだろうか。あれか、高級宿って事か？　俺の手持ちで足りるのかものすごく不安なんだが……。

「随分……その――いい宿だね」

「私もこの辺りだとここしか知らないんです」

「よく利用するのか？」

「し、しませんよ!!　初めてですっ!!」

「そ、そうか」

やめよう。この話は何か危険な気がする。そのままホテルの受付に行く。やはり異世界日本。宿も普通とは違う。まず受付の人間が見えない。何故か隠れるように1つの仕切りの向こうにいる。さらに部屋を選ぶのがタッチパネル式のモニターである。いや与えられた知識としては理解出来るが実際に見ると感動する。とはいえ結構いい値段だ。これは早めに職を見つけた方がいいかもしれんな。部屋ごとに値段が違う。恐らくグレードによって相応に値段が違うのだろう。適当に一番安い部屋を選び、モニターに触れる。

「ん……ご休憩、宿泊？」

「あの、どうしました？」

「いや……何でもない」

休憩ってなんだ？　宿屋なのに休憩しか出来ないのか？　よく見ると滞在時間で値段が変わっているらしい。謎が多いな日本。とりあえず宿泊だ。そう心に決めて宿泊をタッチする。すると下から何か紙のような物が出てきた。恐らくこれを受付に渡すのだろう。そのまま人の気配のする方へ歩き、とりあえず出てきた紙を置く。すると小さな隙間から手が伸び、その紙を取っていく。そして鍵を渡してきた。そのカギには番号が振られている。恐らく部屋番号だろう。

そうして俺達はエレベーターに乗り、そのまま目的の部屋まで辿り着いた。鍵を開け、狭い玄関で靴を脱ぎ電気をつけて中へ入る。綺麗な部屋だ。一番安い部屋だったが十分すぎると言える。大きなテレビにベッド、それに風呂までついている。まさに至れり尽くせりというやつだ。

「ちゃんとしたラブホは初めて入りました。何かドキドキしますね」

「え、ああ。そうだな」

待て。待て。そういえば何でこの子まだいるんだ？　案内はしてもらったしもう十分なんだが？

「あ、あの……これからど、どうしましょうか」

「え、あ、ああ。とりあえずシャワー浴びて来ていいかな？」

「は、はい!!」

どうすりゃいい。あれ一緒に泊まる気なの？　別にいいけどもう少し警戒した方がよくないか？

そんな事を考えながら服を脱ぐ。よく見れば着ている服も日本仕様になっていた。シャツにジーンズというよくある服のようだが肌触りが随分いい。そうやって脱ぎながら素材を堪能し全裸になる。そのまま浴室へ行く。妙なボタンがたくさんある。どれかがシャワーのスイッチなのだろうか。適当に押してみると浴槽が少し暗くなりピンク色のライトが付いたり、浴室に埋め込まれたテレビが付いたり色々遊びがあるようだ。適当にボタンを押し目的のシャワーのスイッチを見つける。

熱いシャワーを浴びる。シャンプーやボディソープというのは初めての体験だったが中々気持ちいい。段々と浴室が曇っていく。シャワーを流しながら近くの鏡を手で拭く。

「ん？　デカい鏡だな」

壁一面の鏡。随分贅沢なものだ。向こうの世界だとこんな綺麗な鏡は貴族しか持っていない。だというのにこんな場所に贅沢に使っているというのは本当にこの世界の技術力の高さがうかがえる。

ゆっくりシャワーを堪能し浴室から出てバスタオルで身体を拭く。最低限の下着などを着て部屋に戻ると――。

「ん!?　おい、どうした!?」

部屋に戻ると何故か利奈が鼻血を流しベッドに倒れていた。誰かに攻撃されたのか!?　いや敵のような気配はまったく感じなかった。一体何が起きて……。

「――あれ」

よく見ると部屋の一面にあったはずの鏡が何故かガラスに変わっている。そのガラスの向こうには浴室。そこから導き出される答えは……つまり……。

「はぁ。どうしたもんかな」

考えるのはよそう。俺は利奈の鼻に流れている血を拭き、とりあえず掛布団だけかけてやる。俺は着替え、適当に近くのソファーに横たわり日本で初めての夜が明けた。


朝起きると利奈は自分の身体を触り、何かを確認しているようだったが無視して部屋から出るよう促した。地球へ来て初めての朝。どの世界でも空を照らす光というものは、あるんだなと妙に納得する。

「あ、あの……昨夜なんですが……」

「ん？　ああ。気にしてないよ。多分疲れてたんだろうね。じゃ家まで送ろう」

「え、あ……はい。ありがとうございます」

何やら複雑そうな顔をしているが気にせずそのまま利奈の後に付いてくように歩き出す。どうやらここから30分ほどの距離に住んでいるそうだ。歩いていくと住宅街へ入っていき、外を歩いているスーツ姿の男や、幼い子供なんかも歩いている。知識で与えられていてもこうして今まで見たことがない風景を見るのは面白い。そうして周囲を観察しながら歩いていると突然利奈がスマホを取り出した。

「な、なに！　お姉ちゃん。え、もうすぐ家だよ。ち、違うよ！　そうじゃないの！　昨日本当に色々あって……もう聞いてよ!!」

何か大きな声を出して説明している。恐らく家族だろうか。まあ若い女の子が行き成り外泊なんてすれば心配もするか。その辺は一緒なんだな。歩く足は止めずそのまま進んでいくと大きな一軒家の前で一人の女性が立っている。

「ああ。お姉ちゃん」

「利奈ッ！　どういうつもりなのかちゃんと説明しなさい！　後でお父さんたちにも報告するんだからね」

「えぇ！　やめて！　本当に仕方なかったの！」

顔立ちは利奈に似ている。身長は同じくらいだが、身体つきが随分スリムなようだ。そんな観察をしていると一瞬俺の方を睨んだが、すぐに目を見開いた。

「まさかと思ったけどその人と一緒だったの？　なにナンパでもされたわけ……？」

「違うの！　昨日クラスメイトと肝試しに行って、そしたらホントに霊が出たの。それで色々あって皆バラバラに逃げたんだけど私の方についてきちゃって。それでこの人に助けて貰ったの」

「助けって……霊能力者ってこと？」

む、霊能力者とな？　知識としては聞いたことがある単語だがどういう意味かわからんな。あれか？　地球版魔法使いみたいな感じか？

「そうだよ。すごいの。もう魔法みたいだったんだから！」

ごめん。魔法なんだ。霊能力ってやつじゃないんだ。

「へぇ。そんなすごい人なんだ。それで無事だったの？　その……いろんな意味で」

「何もない!!」

「ならいいわ。一応信じてあげる。でもよかったわね。昨日お父さんもお母さんもいなくて」

「そういえば一泊で温泉旅行に行くって言ってたもんね。ほんと良かったよ。あ、言わないでよね！」

会話を聞いた感じそこまで険悪な雰囲気を感じない。どうやらそれなりに仲はいいようだ。なら安心した。じゃ俺はもう行こうかな。せっかく来た知らない世界だ。満喫しよう。

——ってだめだ。職探ししないと。まだ金はあるがいつかは尽きる。それに住む家も探した方がいい。流石にずっと宿に泊まるのは危険な気がする。

そう考えていたとき。利奈の姉が俺をじっと見て、それから零した言葉で場の雰囲気が変わった。

「霊能者ねぇ……。それでお礼はどうしたの？　凄腕なら高いんじゃない？」

「——あ」

「ちょっと利奈……あんたまさか……。霊能者って助けて貰うのにお金がかかるんでしょ？　まさか依頼料も聞かないで助けて貰ったわけ……？」

「……う、うん」

なんだ。依頼料？　ああそうか。俺があの霊を攻撃して倒したからそれの依頼料をどうするかって話か。あの程度なら正直金なんて要らないんだがどうするか。

「……あ、あのごめんなさい。お名前を聞いてもいいですか？　あ、私は山城栞《しおり》です」

「勇実礼土っていいます。よろしく栞さん」

「あれ、日本人？　まあいいか。あのですね……大変言いにくいんですが依頼料って……その……」

困っている。かなり困っている。っていうか俺も困っている。相場なんて知らんぞ！　考えろ。考えろ俺！　あの霊はどの程度の強さだった？　多分生まれたてのゴブリン以下だったはず。つまり雑魚だ。向こうの世界でのゴブリン討伐依頼料はいくらだった？　確か討伐証明を持ち込んで5体で銅貨1枚だったはず。くそ、銅貨って日本円でいくらだ？　いや待て。日本の10円って銅で出来てるんじゃなかったか？　そうだ。冴えているぞ。与えられた知識で見事に乗り越えた！　なら値段はどうする？　1体の霊を祓ったから10円か？　10円でいいのか？　10円だったら確か漫喫に売っていたウンマイ棒が買える値段だぞ？　いやありか？　ありかも。だったらもう少し値段を上げてみるか。そう交渉テクニックってやつだ。最初は少し高い値段で伝え、徐々に本来の値段に抑えるっていうあれだ。よしそうしよう。

刹那の間にそれらの事を考え、俺は指を3本立てる。そうウンマイ棒3本分である。我ながら少々ぼっているな。

だがそれを見た栞は表情が固まった。

「ど、どうすんのよ利奈。あんた30万円も払えるわけ……？」

「えぇ!?　そんな貯金ない……」

えぇぇえぇえ!?　あれ間違えた!?　30万？　いや高すぎじゃね!?　どうする訂正するか？　いや恥ずかし過ぎる。かっこつけて指を3本立てたのに今更訂正は何かダサい。し、仕方ない。

「いや、今回は依頼料はいいよ。俺もそういった話をせずに霊を倒しちゃったからね。まあサービスって事で――」

「それはダメです！　私本当に怖かった。誰も助けてくれなくて。ずっと追いかけてくるあの怖い霊に怯えて……それにあんなこともあって……本当に怖かったんです。だからちゃんと払います。バイトして……必ず払います！」

おおおおおい！　なに、どうしろっての!?　何か思ってた相場と違うから30万なんて言われても俺も困るんだけど！　そんな決意のこもった顔をされても俺もどうすりゃいいんだ!?

「うーん。ごめんなさい勇実さん。報酬の件は少し待って頂いてもいいでしょうか。少し話し合ってどうするか決めます」

「でもお姉ちゃん、私は！」

「わかってるわ。でも手持ちがない以上どうしようもないし。それこそお父さんたちに相談しないとだめでしょ」

「それは――」

ここだ！　俺はここに一筋の勝機を見いだし言葉を遮る。

「ご両親に相談した方がいい。俺としてはサービスでいいと思うが、本当に払おうとすると30万円は大金だ。いいかい、本当に無理しなくていいんだ。ちゃんと相談して決めてくれ」

そしてサービスって事にしてくれ。おおよその相場は分かったし。っていうかあの程度の霊を祓うだけでそんなに貰えるのか。すごいな日本。

「……わかりました。あの、なら連絡先を教えてください。その……どうするか決まったらまた連絡しますから」

「ああ。わかったよ。でも本当に無理しなくていいんだからね」

くどいぐらい念押しして俺は連絡先を教える。っていうか思ったよりスマホの操作に慣れない。もう少し訓練が必要そうだ。

俺は連絡先を交換し、ようやくその場を後にした。最後の最後で何かどっと疲れた気がする。さて朝ご飯に何食べようかな。それにしても霊能者か。お金も稼げそうだし、それを仕事にしてもいいかもな。


この世界はうまいものに溢れている。その中で俺はジャンクフードと呼ばれるもの、あと駄菓子というものに強い関心を抱いた。ハンバーガーやポテトなどは言うに及ばず、数百円程度で買えるお菓子類は種類も豊富であり絶品である。特に俺のお気に入りとなったのはPちゃんという可愛らしいキャラのロゴがパッケージのチョコ菓子である。細長いクッキー生地にチョコがコーティングされたお菓子でそれが非常にうまい。思わず数箱大人買いしてしまったくらいだ。

それに対してコーヒーという飲み物。これはだめだ。もうだめだ。まず苦《にが》い。恐ろしく苦いのだ。前の世界で苦いと有名な上級ポーションを一気飲み出来る俺ですら思わず吐きそうになった。同じ黒い飲み物なら断然コーラだ。俺はもう二度とコーヒーを飲むまいと誓ったね。

そうして食べ歩きをしつつ、漫画喫茶で漫画を読みくつろいでいるとスマホにメッセージが入った。画面には先ほど別れた女の子の名前である利奈と書かれてある。それは、一度仕事の件で相談したいため、会えないかというメッセージだった。

「初めまして。僕は山城和人《かずと》、利奈の父です」

話があると言われて指定された店に行ったら父親が出てきたんだが。あれ、これあれか？　漫画で読んだぞ。美人局的なやつじゃないだろうか。それにしても随分若いな。見た感じ確かに似ている。親子と言われれば親子なんだろう。だが年の離れた兄だと言われればそのまま信じてしまいそうな程度には若い。一応俺は警戒しながら自己紹介をした。

「初めまして。勇実礼士です」

人の少ない喫茶店。そのテーブル席に向かい合って座る俺と、利奈の父親である和人。視線をずらせば少し肩身の狭そうな利奈が手を膝の上にのせて肩をすぼめている。この様子から考えておそらく本意ではないのだろう。なら俺も堂々としていよう。別に悪いことをしていないのだ。――あれ、魔法を霊能力と偽るのは悪いのだろうか。

「驚きました。どこかのモデルかと思いましたよ。もしかしてご経験が？」

「いえ、あいにくそういった仕事はしたことがないですね」

「そうですか。デビューすれば話題になると思いますよ。僕も仕事柄芸能人に合う機会はあるのですが、貴方ほど容姿が整った人はそういない」

そう言いながら和人はウェイトレスに向かって手をあげる。するとおしぼりとメニューをすぐさま持ってこちらへやってきた。

「ではコーラで」

「かしこまりました」

メニューを見たけど飲んだことがあるのがコーラだけだった。コーラは漫画でも登場しており、炭酸という未知の感覚に興味があり買ってみたのだが、これが俺の好みにドハマりしたわけだ。

「それで……」

「ええ。もう少し世間話をしたかったですが、仕方ありません。事情はすべて利奈から聞きました。まずはお礼を。どうやら霊に襲われていたところを助けて頂けたという事で、本当にありがとうございます」

そう言うと静かに頭を下げた。

「おや……意外そうな顔ですね」

「え、ええ」

あの後俺はある程度の常識をさらに漫画で学んだ。まず霊という存在は世の中に証明されていない。何せ見える人間と見えない人間がいるのだ。

しかも俺のような魔法ならともかく物理的な現象は通じない霊に対して、この世界の化学という文明では現在も存在の証明が出来ていないという事だ。

だからだろう。こうして霊を対象にした商売をしている人間は多くの人間に信用されない。それはそうだろう。見えないものに対して何かをしている連中という事になってしまうのだ。

幸いなことに利奈は見える側の人間のようだった。だがどうやら見えない人間の方が圧倒的に多いらしい。となると俺の立場はどうなるか。決まっている。胡散臭い霊能者という肩書だ。仕事選び失敗しただろうか。

そう思っていたところにこの反応だから驚いた。別に和人は俺を茶化すために礼を言っている雰囲気ではない。こういうのはなんとなくわかる。散々人の悪意に触れてきた俺だからこういった感情には敏感なほうだ。

「実は僕の妻は霊感が強い方なんです。その妻が言っていました。利奈に悪い霊が近づいた気配が残っていると。僕は初対面の貴方を信じる事はまだできませんが、妻の言葉は信じられる。だからお礼を申し上げている次第です」

「そうですか。いえ、たまたま通りかかっただけですので」

「とにかく助かりました。……謝礼金についてお相談してもよろしいですか？」

「――はい」

来たな。さてどうなるか。

「こちら30万円になります。どうぞ受け取ってください」

カバンから少しだけ厚みがある茶封筒を取り出しテーブルに置いた。冷汗が止まらない。詐欺をしている気分である。10円以下の雑魚相手に30万円はやりすぎだ。どうする？　突き返せるか？

「い、一応利奈さんにもお話ししましたが、お金を取るつもりはありません。善意だと思って頂ければ……」

「いえ、そうもいきません。妻が言うにはそれなりに強い霊だったろうと聞きます。本来であれば30万円でも安いのです。だからこちらは受け取ってください。本来は妻もこの場に同席し、お礼を申し上げたいと言っていたのですが、体調が芳《かんば》しくなく今回は我慢してもらいました」

「そ、そうですか」

これで安いのか。困ったな。金銭感覚がこっちの世界とまだ合っていないのか？　しかたなくそのお金を俺は受け取った。

「そこで、ひとつ勇実さんに相談があります」

「相談ですか？」

「はい。事務所を立ち上げませんか」

「え、事務所？」

なんだ？　話が想像しない方向へ流れてきたぞ。

「はい。いわゆる心霊系の事務所とでもいいますか。勇実さん、はっきり申し上げましょう。働いたことは？」

「ッ！」

あれ。勇者って職業でいいのか？　給料は貰った記憶はない。なら職業じゃない？　なら冒険者はどうだ？　一応勇者を辞めてからは冒険者家業をやっていた。あれは立派な仕事なのでは？

「そ、そうですね。便利屋のような仕事をしていた事ならあります……よ？」

冒険者は似たようなもんだろ。

「おや、そうですか。それはどこかの会社に所属してですか」

「え、えぇ。海外ですが、そういう組合がありまして……。ま、まあまっとうな仕事ではなかったですが」

くそ、試されているのか⁉　何が言いたいんだ。

「ちょっとお父さん！」

「ああ。ごめんなさい。そうですね、はっきり言いましょう。1つ依頼をしたいのです」

「い、依頼？」

「はい。実は僕の友人に不動産会社に勤めている者がいましてね。どうもいわゆるオカルト系の悩みを抱えているそうです。どうでしょうか、この仕事を引き受けて頂けますか」

仕事、ね。あれ、さっきの事務所の話とどう繋がるんだ？

「すみません。本来こういった事は僕も嫌なのですが、勇実さんの実力を確認したいのです。どうでしょうか」

「……そうですね」

悩むフリして和人の方を見る。こいつ何を考えてんだ。事務所だの仕事を依頼だの。うーん。やや気に入らん。だが少し妙だ。以前の世界にいたような下種《げす》の匂いはしない。どういうつもりだ。俺を食い物にしようとする雰囲気は感じない。だが利用しようとはしている感じか？

「腹を割って話しませんか。俺からすると和人さんの話は上手すぎる。早い話が胡散臭い」

「はは。胡散臭いですか。まあ、そうですよね。では互いのメリットを話しましょう」

そう言うと人のよさそうな顔から真剣な顔に変わった。

「まず。勇実さんのメリットを。最初に言った通り霊能者というのは需要はありますが、前提として本物か偽物かという部分から入るため、なかなか顧客の獲得は難しい。ですが僕はそれなりに顔が広い。勇実さんの実力が証明されれば仕事には困らないと思います。それに心霊系に拘らなければ勇実さんならいくらでも仕事を振る事もできます」

「ああ。それは助かりますかね」

「そしてもうひとつ。……税金管理などできますか？」

「――税金？」

待て。確かに知識にある。あれか、買い物するときにおまけで取られるあれか？　前の世界にも税はあったけど、こっちの世界は妙に細かいみたいなんだよな。

「先ほど勇実さんは娘の依頼料として30万円受け取りました。確定申告しないとまずいです。今後、会社に勤めるという訳ではないのであればこの話は付いて回ります。一人でやるのは大変ですよ」

「ぐ、確かに」

「税理士がいると良いと思うんです。こちらで経理も含めて紹介できます」

「なるほど」

くそ、考えるだけで頭が痛くなってきた。確かに俺だけじゃ無理だ。

「そして僕のメリットです。まず1つですが、勇実さんは容姿のレベルが非常に高い。気づいてますか？　この店の外を歩いている女性たちが勇実さんを見て必ず視線を止めています。万が一、勇実さんの霊能力者としての力量が足りないとしても、そちらで仕事を得る事ができます」

そちらの仕事って何を指してるんですかねぇ。身体を売る仕事じゃねぇだろうな。

「そして2つめ。こちらが僕としては本命です。利奈の母親、まあ僕の妻ですね。先ほども言った通り霊感が非常に強いんです。たまにそういった現象に悩まされる事も多い。だから頼れる霊能者が身近にいるのであれば心強い」

俺はこちらを真剣に見る和人の目を見る。そしてどこか気まずそうにしている利奈の方を見た。

まあ、嘘は言っていないか。正直生活するために金は必要だ。荒事しか経験がない俺だとまともな職にはつけそうにない。とはいえ生きるだけならどうとでもなる。それでもこちらの世界のルールには従うべきだろう。どう考えても俺が税金管理を出来るとは思えないし。

「いいでしょう。まずその依頼をこなしてみましょう」

「よかった。では、利奈は勇実さんの手伝いという事で派遣します。バイトだと思ってください」

「ちょっと待った。バイト？」

「ええ。雑用係として使ってください。あの30万円はどうしても利奈が自分で払いたいと言って聞かないんです。なので雇ってあげてください」

「あの！　よろしくお願いします！」

そう言うと利奈は頭を下げた。

「いや。いやいや！　まだ事務所出来てないですし！」

「ではその間はこちらからバイト代を出しておきましょう」

「えぇ!?　いや、えぇぇ!?」

それ意味あるかぁ!?　なんかおかしいだろ！

「大丈夫です。きっと勇実さんならあの依頼を解決できるでしょう。今のうちに必要な手続きはしておきます。ではよろしくお願いしますね」

そう言って笑顔を見せた和人は右手を差し出してきた。少し早まっただろうかと思いつつ俺はその手を取った。

事故物件

「ただいまーって誰もいねぇか」

仕事から帰り玄関で靴を脱ぐ。ブラック企業に就職したためにどうしても帰りは遅い。大学を卒業して希望していたところを諦め、なんとか内定を貰った会社に先日入社。仕事自体はまだ慣れず、一日が経過するのが本当に早い。会社の人数は10人。システムエンジニアって聞くと聞こえはいいが実際はただの使いっ走りだ。

ネクタイを緩め、鞄は投げるように端に置く。兎に角この服を脱いでしまいたい。どうしてもスーツを着ているとまだ仕事をしている気分になってくる。引っ越したばかりでまだダンボールも片付けておらず、正直ゴミ屋敷一歩手前だと思う。

「はぁつっかれたー、とりあえずビール、ビールっと」

部屋着に着替え、PCの電源を入れ、買ったばかりの小さい冷蔵庫からビールを取り出す。その後は動画配信サイトYooTubeを立ち上げ、推しのVの動画を見る。コンビニで買ってきた弁当を口に運びながらビールを飲む。

「この瞬間だけが幸せだな」

生配信、そして切り抜き動画を見て、ふと時計を見ればもう深夜0時。すっかり椅子に固定された身体をなんとか立ち上がらせ、シャワーの準備をする。浴室の電気をつけ、シャワーを流し適温になるまで放置。その間に脱いだ服を洗濯機に放り込み、バスタオルを持って全裸のまま浴室に入る。ユニットバスのため便座の蓋の上にタオルを置き、シャワーカーテンを閉じてシャワーを浴びる。

「あれ？」

違和感を覚える。普段テレビは、見ないがつけている。無音というのが苦手でＰＣで動画を見ていても、ＰＣでゲームをしているときもかならずテレビはつけている。普段であればシャワーを浴びているときだってシャワーの音に紛れて、微かだがテレビの音が聞こえているのだ。

「あれ？　消しちゃったかな」

変だと思ったが、気にしなかった。疲れていたためテレビをつけてない可能性だってある。シャンプーをシャワーで流し、お湯を止め、置いているバスタオルで身体を拭く。

足の裏も拭き外へ。髪を拭きながら部屋に入るとテレビ画面がまっくらになっていた。

「……付け忘れてたかな」

裸のままバスタオルを首に巻き、そのままリモコンから電源をつけようとして固まった。テレビの下部の方に青いランプがついている。通常、電源が切れれば赤に、テレビがついていれば青になる。今は青だ。つまりテレビはついている事になる。……だというのに画面が暗い。

「あれ、壊れた？　買ったばかりだぞ」

とりあえず下着だけ身につけ、テレビの後ろ側へ。配線を確認するが、問題ない。とりあえず、電源ケーブルだけ抜き差ししようと思い触ろうとしたときだ。

『今ならもう一つ、おまけでこの小さい鋏をセットにします、お値段なんと――』

テレビから通販番組の音が聞こえた。直ったのかと思い、身体を起こしテレビ画面の方を見て固まった。

見た目は普通だ。いつもの通販番組だ。売れない芸人がオーバーリアクションで商品を絶賛している。おかしいのはそのリアクションと音声がまったく合っていないこと。恐らく5秒くらいずれている。それをずっと見ていると、テレビは突然電源が切れた。

いや違う。画面が暗くなったんだ。テレビから音は流れている。内容は相変わらず通販だ。だが、声がおかしい。何かで加工したように不快な音に変わっている。

「くそ、マジで壊れたな。とりあえず電源を切るか」

リモコンを操作し電源を切るが、音が止まらない。段々テレビから発せられる声が、通販の内容ではなく、違う言葉に変わっているように聞こえた。

何かまずい。すぐにテレビの裏に回り、電源コードを引き抜いた。だが、音は止まらない。

『オ　オ　オ　オ　オ　オ　オ　オ』

声が聞こえる。本格的にやばい、背筋から腕にかけて鳥肌が止まらない。ここにいちゃだめだ。本能的にそう感じ、俺は近くにあるスマホと財布、鍵を持って部屋を出ようとした。部屋を出て、小さい廊下を進み、靴を履こうと玄関の近くへ行ったとき——。

水が流れる音が聞こえる。これは、トイレを流した音？　浴室を見るが当然電気はついていない。冷や汗が止まらない。一刻も早くこの場所から避難を！

ドンっと鈍い音がする。なんてことはない、俺が倒れた音だ。頭が混乱する。なんで俺は今玄関の近くで倒れている？　起き上がろうとしてすぐに気付いた。

——右足を何かが掴んでいる。

「い、いたい――」

何かじゃない。これは、人間の手だ。５本の指が俺の脚を思いっきり掴み、爪が食い込んでいるのが痛みで分かる。

ずる。ずる。

「ひッ!!」

引っ張られている。少しずつ、少しずつ、俺がいた部屋の方向に！

「い、いやだぁ！！！　だれかぁぁぁ！！！」

叫び声を上げる。誰でもいい。隣の人とかが気付いてくれないだろうか。さらに引きずられる。いよいよ、覚悟しなければならない。恐る恐る俺は自分の足の方を見た。

異様に長い手。爪は伸びきっているが、所々割れている。どう見ても普通の人の手より2倍は長い。そしてその手の持ち主は眼球が無く、額《ひたい》が異様に大きな男なのか女なのかも分からない容姿だ。頭髪はなく、何故かコブのようなものがデコボコとしている。

俺がそのナニカを見たためか、引っ張る力はどんどん強くなっていく。

いやだ。

いやだ。

いやだッ！

まだ彼女だって出来てない、何も楽しいことなんて――。

◇

「もしもし、田嶋《たじま》不動産です。お家賃の件でお電話を――」

5分ほど私は電話で話し、受話器を下ろした。

「田嶋さん。坂本《さかもと》さん何て言ってました？」

「はあ。来週には払うという事だ。それ以上期限が延びるようなら退出願おうかな。さすがに半年連続だとね」

そう言って私はPCに今電話した坂本の件をタスクとしておさえておく。すると、近くにいた職員である寺岡《てらおか》が言いづらそうに何か話しかけてきた。

「あの田嶋さん。例の――珠ハイツの事件って……」

「あぁ、103号室の人かね。自殺だよ」

いまどき不動産なんてやっていれば自殺も珍しくはない。もっとも私の物件内で死ぬのは勘弁してもらいたいのだが。

「田嶋さん、やっぱりあの部屋なんかあるんじゃないですか？」

「そんな訳ないでしょう。寺岡さんはそういうの信じるタイプなのかい」

馬鹿らしいと思い、手元の缶コーヒーを飲む。

「でも連続じゃないですか。これ以上値段下げたらまたあそこのオーナーから何か言われそうで」

「もう言われた。オーナーからバイトを雇って裏技を使えってね」

「ああ。たまにやってる所ありますよね」

そう言うと私はまた眼鏡を掛け直し作業に戻る。このバイトというのは、うちのバイトではない。こういった事故物件を扱う上で次に入居する人には必ず説明する義務がある。例えばここで前の人が事故で亡くなったとか、病死したとか、そして自殺などもそうだ。必ず説明の義務がある。

だがこれには抜け穴が存在する。事件が起きた直後の次の借主に対してのみこの説明義務が発生するのだ。つまり、事件が起きてからの次の次の借主にはその説明義務がない。ようは事件が起きたけど、次に借りた人には何も無かったのだから、説明する必要はないという事だ。

そのために、事故があった物件に一度入居させるというバイトをやっている不動産会社が存在している。一応は表向き部屋を借りる。という形だが、実際はそこに住まず、ただ住んだという書類を残すためのバイトだ。当然表向きに募集できる仕事ではないが、他の不動産仲間に、こういった用向きにあわせたバイトを派遣できる所があったりする。

「オーナーには自殺の場合、3年間は報告義務があるんで無駄ですって言ったよ。とりあえず家賃を多少下げればそういうのは気にせず入居する人はいるから大丈夫だと説明して納得してもらった」

私はコーヒーを飲みながら今後のことを考える。霊なんて馬鹿馬鹿しい。だが、あの部屋だけで既に2回連続。拝み屋にでも頼むか？　あまり続くと他の入居者にも影響がでるからな。

当然、こういった事故物件で依頼する相手は決まっている。住職を呼び、お祓いをしてもらう。だが、今回で3回目。少なくとも今依頼している住職じゃ意味がないのは確実だ。ネットで拝み屋などを調べてみるがこれといった人物はいない。自分自身がそういった事を信じていないため、どうしてもこの手の輩は全員が胡散臭いと思っているのだ。

「じゃ私は先に上がる。戸締りよろしく」

「はい。珍しいですね。こんなに早く上がるなんて」

「ああ。古い友人と食事の約束をしているんでね。じゃ、後はよろしく」

そうして会社を出ていくつかの電車を乗り継ぎ、指定された場所で待っているとタクシーが目の前に止まる。

「や、彰《あきら》。久しぶりだね」

「久しぶりだな。乗ればいいのか？」

「ああ。このまま店に行こう」

山城和人は高校からの友人だ。前はそこまで付き合いはなかったのだが、以前仕事の途中でばったり再会しそこから交流が始まった。既に結婚もし三人の可愛い子供にも恵まれ順風満帆な生活を送っているようだ。羨ましく思う反面、まだこうしてひとりの身を味わいたい気持ちもあり少々複雑でもある。

予約していた店に到着し上着を脱いで互いにビールを飲み少しずつ会話が始まった。お互いそれほど口が回るわけではないため比較的静かな食事が多い。だがこういう雰囲気を互いに気に入っているため、こうして長く関係が続いている。

「そういえば昨日娘が面白い出来事にあってね」

「ん？　どっちのだ」

「妹の方だよ。何かクラスメイトと肝試しに行って霊に追いかけられたらしい」

そう言ってビールと枝豆を口に含み笑っている。

「おいおい。危ないだろ」

私は霊という不確かなものではなく、単純に肝試しに行ったという事が気になった。大抵そういった場所は夜に行くものであり、場所も整備されていないところが多い。和人の下の娘は高校生のはず。既に和人自身も注意しているだろうが思わず口に出てしまった。

「それはもう怒ったよ。ただね。ふふ」

「なんだ。気持ち悪いな」

「いやね。霊に追いかけられたときに通りすがりの霊能者に助けて貰ったんだってさ」

「――霊能者？」

私の中で霊能者とは詐欺の常套句でしかない。まさかそんな詐欺師に引っかかったのかと心配すると和人は楽しそうに首を横に振った。

「あまり言ったことがないんだけどね。僕の妻は霊感が強いんだ。結構よく見える方だし、たまに憑かれるときもある。あ、嘘つけって顔だね」

「そりゃそうだろ。霊なんているわけがない」

「はは。まあそう思うよね。でもその沙織《さおり》がね。間違いなく利奈に霊の気配があったって言ってた。それを祓った人がいるなら本物だろうともね。しかもそれがびっくりするくらいのイケメンらしいんだよ」

「は？」

イケメンの霊能者？　やっぱり詐欺じゃないのか？

「なあ。やっぱそれって」

「だから一回会ってみようと思ってね。結構そういう事に耐性が強い方の栞と利奈が揃って言うくらいだし、フリーなら誘ってみたいんだ」

「モデルにか？」

「うん。僕の方じゃやってないけど知り合いを紹介するのもいい。どのみち面白そうだし」

そういえばちょうどそういう所があったなと思い出す。しかし面白そうね。

「なあ和人。俺の紹介してる物件に妙な部屋があってな」

酒が入ったからだろう。興が乗ってあの自殺が立て続けに起きるアパートの話をした。すると案の定和人は乗って来た。

「いいね。その人に依頼してみよう。これではっきりする」

「言っておくが。成功報酬以外払うつもりはないぞ」

「ああ。それは説明してみるよ。ふふ、さっそく会う段取りを取ってみないとね」

そうして少し変わった夜が更けていく。

◆

和人が言っていた事を思い出す。

「実はね、僕の友人に不動産業をやっている人がいるんだが、そこの物件の一つでどうも心霊現象が発生すると思われる部屋があるそうなんだ」

「……心霊現象ですか」

一応漫画で予習しているが、ポルターガイストやラップ音というやつだろうか。正直それの何が怖いのかさっぱりわからん。

「ああ、先月ね。その物件に住んでいる住民から異臭騒ぎがあったそうでね。そこで確認したところ……」

「どうしたんです？」

「首吊りの遺体があったそうだ。腐敗が進んでいたそうでそれが異臭の原因になっていたらしい」

「……なるほど」

首吊り自殺か。以前いた世界にはあまりなかった死に方だ。それにしても危険がない世界であっても自死を選ぶ者はいるということか。

だが――。

「ただの自殺ではない、と？」

「ああ。友人によるとね、その部屋で自殺があったのは2度目だそうだ。1度目は今から半年前、そして先日。かなり短い間に連続している。それに自殺にしても妙だったそうだ」

「妙……ですか」

「うん。2件とも遺書は見つからなかったらしい。そればかりか廊下に爪を立てたような跡まで見つかったらしいよ。だから事件性があるとして警察も調べたらしいんだけど、死亡当日は鍵も締まっていて、無理やり開けた形跡も争った形跡もなかったそうだ。結局は事件性なしとなったそうだけど、どう考えても普通じゃない。友人はあまり霊とかを信じるタイプではないのだけど、流石にこうも続けてになると気になるらしくてね」

確かに気になるな。同じ部屋に住んだ人間が立て続けに自殺。普通では考えられない。それゆえ、普通ではない事が起きていると考えたという事か。

「報酬だけど、今回と同じ30万円でどうかな？」

「え、ええ。構いません」

「すまないね。依頼人の田嶋はこういう心霊現象を信じていないんだ。だから成功報酬による支払いになる。つまり前金なしという形になるんだがどうだろう」

前金か。まあ要らんな。どの程度の強さか分からないが、エルダーリッチより強いという事はまずあるまい。なら30万円でも貰いすぎな気もする。

「ええ。成功報酬で十分です」

「助かるよ。口には出してなかったけど、田嶋も随分参ってたみたいだしね。さっそくだけど明日ここへ行ってくれるかな」

「わかりました。お任せ下さい」

って明日かよ!?

翌日。やや曇天の空であるが、予報では雨は降らないらしい。あの暑い日差しも嫌いじゃないが、今日に限っては日差しがないのが有難い。慣れない電車に乗り、数多の刺さるような視線を無視し、目的の駅で降りる。途中何度も女性に捕まり声を掛けられ、やれ茶を飲もうだの、時間があるかなど聞いてくる。こちとら仕事だというのに暇な人も多いものだ。しつこく連絡先を聞かれるのもうんざりだ。俺の個人情報を入手してどんな悪巧みをしようとしているのだろうか。慣れない服装という事もあり俺は既に疲れていた。

「勇実さん！　お待たせしました」

「いや。待ってないよ。じゃ行こうか」

「はい！　今日はまた一段と、その……カッコいいです！」

「……はは。ありがとう」

駅から出て約5分程度にそれはあった。入り口に大きく田嶋不動産と書かれている。では、入るとしようか。

「こ、こちら田嶋不動産です。物件をお探しですか？」

自動ドアが開き、近くにいた女性が声を掛けてくる。何故そんなに緊張しているのか不明過ぎるんだが。

「初めまして。本日、田嶋さんとお会いする約束をしておりました勇実と申します。田嶋さんはいらっしゃいますか？」

「は、はいッ！　少々お待ちください」

昨日電子書籍で買った猿でも分かるビジネス会話という本を読んで、何とかなれない敬語で話す。以前は一国の王であろうと敬語なんて使った事なかったのだが、流石に現状無職の俺がそんな事を出来るわけもない。仕事を貰う立場だしね。

「お待たせしました。私が田嶋です。……勇実礼土さん、でよろしいですかな？」

七三で綺麗に髪を分け、黒縁の眼鏡を掛けた40代くらいの男性が奥から出てきた。

「はい、和人さんからの紹介で来ました、勇実礼土です。どうぞよろしく」

「……失礼、ご職業はモデルとかではないのですよね？」

「一応、霊能力者として活動をしておりますね」

「……失礼しました。それでそちらは……利奈ちゃん？」

「え、は、はい！　山城利奈です。勇実さんの助手になります」

「そうか。和人から写真は見せて貰ったことがあるけど……今はよそうか。ではこちらです」

「はい」

今の俺の服装はいつもの私服ではない。仕事着に着替えている。まっ白のジャケットにパンツ、縞模様のネクタイ、銀色の腕時計に茶色の革靴。この世界の標準装備なのは分かるが、ちょっと暑いのが難点だ。そもそもは先日和人と出会った際にアレが俺の一張羅だと言ったのが始まりだった。あれよあれよとタクシーでどこかに連れられ、装備品を一式用意する事になった。最初はプレゼントするといわれたが、必要経費と割り切りちゃんと良い物を自分で買おうと決めたのだ。剣や防具も一緒だ。自分の命を預ける商売道具。下手な妥協は自分の命の価値を下げてしまう。

そのため、かなりの金額を使った。この装備一式で今回の依頼代なんかよりもはるかに高い。ジャケット、パンツでお値段約10万円。革靴お値段7万円。ここまではいい。問題は時計だ。なんとお値段300万円。以前の世界には無かった機械仕掛けの腕時計に心引かれ、一目惚れしたのだがまぁ高い時計だった。一緒にいた和人は時計好きらしく、色々教えてもらい、結果買ったのがこの時計。何でもかなり有名なブランドらしくそれを付けているだけでも、仕事はやりやすくなるといわれたのだ。

正直買うのは非常に迷った。時計の機能とは時間を見ることだ。正直数千円の時計でも可能だし、スマホで時間を見るだけでも事足りる。だが、和人から色々と教えてもらったことが結局は決め手になった。

『いいかい、勇実君。今後もし君が東京で仕事をしていくと考えているなら身なりは重要だ。仕事を依頼する相手は必ず君の身なりを見る。そのときの印象で仕事が貰えるかどうかが決まる場合もあるんだ。服も靴も時計もそうだよ。お金を出して相手の関心が買えるなら僕は買ってしまったほうがいいと思うかな。それに君なら間違いなく映えるからね』

なるほど。この世界では命のやり取りは少ないだろう。だが、髪型、服装、装飾品。そういった装備によって自分の価値を高めることが出来るのだ。なら俺の価値は？　当然、安いことなんてありえない。自分の価値は自分がよく分かっているのだから。

そうして田嶋に連れられ俺達は部屋の奥へと進んだ。それにしても私服のときはそうでもなかったのにこのスーツに着替えたらやたらと視線を感じるようになる。確かに風貌はこの国の人間とは違うが、同じような容姿の外国人だって大勢いるのだ。だというのに何故こうも見てくる？　敵意は感じないのだがどうもやりにくい。

「どうぞ、そちらにお座りください」

「失礼します」

「し、失礼いたします」

ガラスのテーブルにソファーが二つ。応接室のような場所に通され、座り心地のよいソファーに腰を下ろす。田嶋は俺が座るのを見ると、何やら書類のようなものをテーブルに置き、手を懐に入れた。

まさか短剣でも取り出す気か？　その場に緊張が走る。だが甘いな、この距離なら俺をやれると思ったのか。そう思い身構えていると、田嶋が取り出したのは小さなケースだった。革で出来ているであろうその二つ折りのケースを開き、中から一枚の紙を取り出す。

「改めて、私は田嶋不動産の田嶋彰と申します」

こ、これは噂の名刺交換か!?　やるな。確か田嶋と言ったか！　俺にその武器がないのを見越してか!?

「あぁ申し訳ありません。実は名刺は持っておらず……」

一応言い訳として名刺を切らしたという武器も用意していたが、和人が紹介した相手に嘘をつくのもどうかと思い正直に話した。

「おや、そうなのですか」

「ッ！　え、ええ」

こいつ馬鹿にしたか!?　……やるじゃあないか、田嶋。魔王にだってここまでダメージを与えられたことはないぞ。くそ、和人に頼んで後で名刺を作る店を紹介してもらおう。すると、部屋のドアからノックが聞こえる。

「し、失礼します」

扉を開け入ってくるのは先ほどすれ違った女性の人だ。お盆の上に黒い液体が入ったグラスを持ってきている。そして鼻孔にある匂いが届く。この独特の匂い。まさか……。

「あの、コーヒーです」

田嶋ァアアア。俺の弱点を的確に突いて来るじゃないかッ！　くそ！　出された手前飲まないという選択肢はない。それは俺がこの男を前に敗北するという事に等しいからだ。目の前に置かれた闇の液体を見る。田嶋はそれを涼しい顔で一口飲んだ。

おいィイイイ、ミルクを入れろ！　ミルクを!!　お前が入れないと俺も入れられないじゃないか。ここで俺だけミルクを入れてみろ。『あ、こいつミルク入れなきゃコーヒーも飲めないお子様なのかね？』なんて絶対思われる。いいだろう、俺の覚悟を見るがいいッ！！！

「いやあ、俺はコォーヒーが大好きでしてね、ありがとうございます」

「はぁ」

目の前の闇を掴み、一気に流し込んだ。ツッツかぁぁああ苦い！！！　マジ何でこれ普通に飲むの!? だが、顔に出すなレイド。俺が苦しいときは相手も苦しいはずだ。笑顔だ。苦しいときこそ笑顔を作れッ!!

「……ご馳走様です」

「——ふむ、寺岡さん、お代わりを」

「は、はい! すぐに!!!」

「ごふぅ!」

「い、勇実さん!? どうしました!?」

「い、いや。ちょっとむせちゃってね」

おのれぇぇぇぇぇえ!!! 嫌味か!!! くそ、やるじゃないか田嶋。初めてだよ、俺に土をつけたやつはな。だがここで終わると思うなよ、俺は敗北から学ぶことだって出来る男だ。

でもコーヒーはなぁ……。

「……さて、さっそく依頼の話をしたいのですが、よろしいですかな」

「え、えぇ。お願いします」

目の前になみなみと注がれたコーヒーを見ながら、意識を切り替える。

「こちら問題の物件です」

そう言うと田嶋は手持ちの書類から1枚の紙を取り出した。珠ハイツと書かれたアパートの情報が書かれている。

「個人情報保護法があるため、亡くなった方のお名前は申し上げられませんが、ここの103号室

で2件自殺が発生しております。全て遺書はありませんが死因が違います」

「首吊りと聞いていましたが？」

「それは先日亡くなった方の死因ですね。最初の方は包丁で自分の首を切って出血多量で亡くなっております」

死に方に関連性はないか。

「おふたりに何か共通点はありますか」

「……いえ、私どもで分かるといえば、同じ１０３号室に住んでいたという事くらいですね」

「田嶋さんの方で今回の件で何か思い当たることはありますか？　何でもいいです」

そう言うと田嶋は頭をかきながら眼鏡を外した。

「あの珠ハイツは新築でしてね、以前はゴミ屋敷が立っておりました。そこを解体し新しく建てたのがあの珠ハイツと聞いています。しかしそのゴミ屋敷は解体時に色々問題が起きましてね」

簡単にまとめるとこういう事だ。その珠ハイツというアパートが出来るまで近所でもゴミ屋敷と有名な家があったそうだ。異臭も凄く近隣住民からも苦情が多発していたらしい。そのため、役所の人間が何度も臭いの原因であるゴミを撤去するように話していたそうなのだが、ある日その家に住む老婆は亡くなっていたらしい。発見したのは役所の人間。いつも通りゴミの件で話しに行ったらいつもいる老婆がいなかったそうだ。高齢だったため、何かあったのではと考えたその役所の人はハンカチで口を覆い家の中に入ったそうだ。そこで見てしまったらしい。

居間で糞尿を垂らしながら、舌を長く伸ばして死んでいた首を吊った老婆の遺体を。そしてその居間の襖や壁などには近隣住民やその役所に対しての恨みの言葉が包丁か何かで彫られていたそうだ。

「そうして遺体を片付け、家を解体し出来たのがこのアパートです。最初に亡くなったのはこの103号室を最初に借りた方でした」

「その次はどんな方が？　確か一人目は半年前に亡くなったと聞いてますが」

「22歳の会社員です。一応前にそういう方がいたと告知もしています。ただ家賃が安くなるなら気にしないと申しており、そのまま入居となりました」

ああなるほどね。確かに自殺現場の場所に住みたがる人は少ないだろう。そうなると当然家賃は下がる。普通なら家賃を下げてもそうそう人は入らないんだろうが、そういった出来事を気にせず安さだけを重視して住む人もいるという事なんだろう。

「しかしこれで2度目。流石に普通ではないと考え誰かに依頼しようと思っておりました。正直に言いましょう。私は目に見えないものは信じられない性質です。こんな事を言うと殆どの霊能力者の方は煙たがるのですが、ひとつよろしいですか？」

「……なんでしょうか」

「貴方の力を私に証明する事は出来ますか？」

まっすぐに鋭い目でこちらを見ている。ああ、なるほど。試しているのか。

――この俺を。

「実に容易いことです」

笑みを浮かべ、俺は指を鳴らす。一瞬閃光が走り周囲を照らす。

「――ッ！　こ、これは」

「手品みたいです……」

俺の前に置かれたグラス。それがまるで最初からそうだったかのように、４つに分割された。割れたグラスからコーヒーがこぼれ、ガラスのテーブルを黒く染める。

よし、これでコーヒー飲まないですんだ！！！　すまんの！

◇

和人に連絡したところ、さっそく今日例の人物がやってくるそうだ。正直胡散臭いのは今も変わらない。だが、和人の奥さんである沙織さんは太鼓判を押したそうだ。とはいえ、目に見えないものをどう信じればいいのか疑問は尽きないが、実際にあの１０３号室で普通ではない事が起きているのは事実だ。多少胡散臭くてもちゃんと効果が出ればいいのだが、この手の輩は揃ってもう大丈夫でしょうなんて無責任なことを必ず言う。

そうそう、胡散臭いといえば今回の謝礼もそうだ。30万と言っていたが、本当にそんなに安いのか？　自殺者の部屋をお祓いする業者だってもう少し金額は高い。であれば普通に霊を祓うという事を考えるともっと金額は高くなりそうなものだ。まぁ安い分には構わないが、変な壺やアクセサリーなんか売って来ないだろうな？

「あ、あの田嶋さん、お客様が……」

「あぁ来ましたか」

名刺を内ポケットに入れ、事務所の入り口まで移動する。そして、そこにいた人物を見て本当に驚いてしまった。

身長は約１８０センチメートルより少し高いくらいだろうか。新品と思われる白いスーツを着た銀髪の男がいた。やや無造作だが、整っている銀髪、青い瞳、日本人とは違う白い肌、ブランド物のスーツを着こなし、腕時計もハイブランド物。事前に日本語が上手い外国人だと聞いていたが、どうみてもモデルか、ハリウッドスターにしか見えない。

「はい、和人さんからの紹介で来ました、勇実礼士です。どうぞよろしく」

「……失礼、ご職業はモデルとかではないのですよね？」

「一応、霊能力者として活動をしておりますね」

「……失礼しました。それでそちらは……利奈ちゃん？」

「え、は、はい！　山城利奈です。勇実さんの助手になります」

「そうか。和人から写真は見せて貰ったことがあるけど……今はよそうか。ではこちらです」

「はい」

思わず失礼なことを聞いてしまった。海外のモデルのようだと聞いていたから、私の勝手なイメージでは十字架のネックレスを付け、聖書でも持っているカトリックのようなイメージだったのだが、まさかこのような人物が来るとは……。それになぜ和人の娘さんがここに？　そういえばバイトするとか言っていたか。それならもう少し事前に言って欲しいものだと和人へ内心愚痴を零す。

失態だ。これは気を引き締めた方がいいだろう。私は勇実氏を案内しつつ、寺岡さんに目線を送り飲み物を出すように指示を出す。寺岡さんがお茶を指差したが、それを見て私は首を横に振った。経験で分かるのだ。この手のタイプはお茶よりもコーヒーを好む。

私の言いたいことが分かったのか、寺岡さんがコーヒーを指差したため、私は頷きながら彼を奥へ案内した。

部屋に入る。事前にエアコンをつけていたため、かなり涼しい。勇実氏をソファーに座らせ、私はさらに自分の失態に気がついた。

そう名刺交換がまだだった。通常であれば、最初のタイミングで行うか、座る前に行うべきだったのだが、仕方ない。内ポケットに入れた名刺入れを取り出そうとすると勇実氏の視線を感じた。

どうした？　何故見ている？　海外ではあまり名刺を交換する習慣はないのだろうか。その辺りが疎いため、判断が出来ない。だが、既に腕を内ポケットに入れている。ここから何も出さず手を引き抜くのはあまりにも間抜けだ。仕方なくそのまま、名刺入れを取り出し、予め挟んでいた自分の名刺を勇実氏に向かって渡した。

「改めて、私は田嶋不動産の田嶋彰と申します」

「あぁ申し訳ありません。実は名刺は持っておらず……」

そうなのか。やはりそういう習慣がないのかもしれないな。

「おや、そうなのですか」

「ッ！　え、ええ」

何か気に障ったのだろうか。ますます勇実氏の目線が鋭さを増している。どうしてもこういうハリウッドスターみたいな男性が目を細めると妙に落ち着かない。銃とか出してこないだろうな。そう気まずい空間を感じているとノックの音が聞こえる。寺岡さんがコーヒーを持ってきてくれたようだ。

「し、失礼します。あの、コーヒーです」

寺岡さんもかなり緊張しているようだ。無理もない。正直あのレベルの容姿をモニター越しに見る事があっても間近で見る機会なんてそうそうないのだ。慣れない相手のためか私も喉が異常に渇いている。少し口の中を湿らせておくとしよう。

目の前のアイスコーヒーに手を伸ばしそれを一口飲む。すると勇実氏の視線が更に強くなった。何故かと思いすぐに私は思い当たる。

インスタントコーヒーが気にいらないようだ。なるほど、それもそうか。全身ブランド物を身につけている勇実氏のことだ。コーヒーにも並々ならぬ拘りがあるのだろう。とはいえ、流石にインスタント以外のコーヒーはない。精々自分が趣味で飲む紅茶の茶葉しかないのが痛いな。今度からもう少し良いコーヒーを用意しておくか。

だが私の気持ちは杞憂だったようだ。恐らく気を使ったのだろう。勇実氏がコーヒーを一気飲みしていた。

「いやあ、俺はコーヒーが大好きでしてね、ありがとうございます」

「はぁ」

気を使われてしまったようだ。まだ目の前の男がどういう人間か分からない。だが人に気を使える人間ではあるようだ。それか、案外インスタントコーヒーを気に入ってくれたのかも知れないな。

「……ご馳走様です」

「――ふむ、寺岡さん、お代わりを」

「は、はい！　すぐに！！！」

「ごふぅ！」

「い、勇実さん!?　どうしました!?」

「い、いや。ちょっとむせちゃってね」

むせているようだが大丈夫なのか？　随分慌てて飲んだようだが――。

それから仕事の話に入った。警察ではないため、被害者、と言っていいのか分からないが、住んでいた住民の個人情報は与えられない。だが、勇実氏はどうやら以前ゴミ屋敷だった家のことが気になるようだ。まぁそうだろう。素人ながら私も何かあればそれだと思う。

本当に呪いなんてものが存在するのか分からない。だが、人間が現代でも解明出来ない力があるのは間違いないのだろう。

だからだ。

思わず興味本位で聞いてしまった。

勇実氏の力が見たいと。

「貴方の力を私に証明する事は出来ますか？」

さて、この男はなんて返す。私の守護霊から幼少期の頃の話でも聞きだすか？　バーナム効果なんてありきたりな話術でも披露するのだろうか。それともこの部屋に霊がいるなどと、こちらでは確認がしようがない事を話し出すか？

そうだ、私は勇実氏の事を本当に見くびっていたのだろう。きっとこの日のことは忘れることはない。

「実に容易いことです」

はじめて見る勇実氏の笑顔。とても美しくも恐ろしい顔だった。

勇実氏は右手をゆっくりと上げ、まるで映画のワンシーンのように指を鳴らした。するとどうだろうか。

「――ッ！　こ、これは」

「手品みたいです……」

勇実氏の目の前にあるグラスが割れたのだ。ケーキを斬るかのように4分割に割れ、そこからコーヒーがこぼれている。

何かの手品？

いやあり得ない。あれはこちらが用意したグラスだ。

それに直前まで普通に飲んでいた。

では、手で触れた瞬間に斬った？

それこそあり得ない。

素手でどうやってあのように綺麗にグラスを斬る事が出来る。

仮に斬ったとしてそれまで割れていなかったのだ、どう考えてもおかしい。

利奈ちゃんが何かやった？　いやこの様子から見るとそれもありえない。

「――手に取っても？」

「ええ、どうぞ。手を切らないようにご注意を」

恐る恐る割れたグラスを手に取った。驚きを隠せない。断面が綺麗過ぎる。まるで最初から割れていたと錯覚するほどに綺麗な切り口だ。これを何の道具も使わず、実行する事は可能なのか？　不可能だ。

本当に、この世界には人間では解明出来ない力がある。

「お見それしました。どうやったかお伺いしても？」

「簡単です。俺には霊を祓う力がある。それを利用すればこの程度造作もない」

そう言うと更に勇実氏は指を鳴らす。すると、手に持っていたグラスが更に半分に斬れた。

――なるほど、これは本物のようだ。手の震えを隠すのが難しい。

正直に言おう。珠ハイツの件が仮に失敗しても彼と縁が結べただけで30万円は安い金額だ。

◆

あかん。マジでやばい。田嶋が割れたグラスを手に震えている。これは間違いない。

絶対怒ってる。ぜぇぇぇえったいおこってる。いや、力を見せろって言ったの貴方だからね!?

俺のせいじゃないからね⁉

くそぉ、これ報酬から天引きされるのか？

「……勇実さん」

「な、なんでしょうか」

「よろしくお願いいたしますね」

思わず目を逸らす。くそ、俺は……弱いッ！！！


車というのはなかなか面白い物だと思う。魔力もなく、馬もなく自動で動く乗り物。それもかなりの速度が出せるという代物だ。個人的には車よりもバイクという乗り物の方が気になるが、どうも免許が必要になるため、断念した。

だが、慣れてきたら大型免許を取ってみたいものだ。バイクはいい。乗ったことがないが風を直接感じる事が出来るというのが実に素晴らしい。自分で走った方が速いなんてつまらない事を言うつもりはもちろんない。あれは浪漫というやつなのだ。だが、しかし……。

「そろそろ着きますか？」

「ええ、そろそろです」

車だめだッ！　あぁぁあああ気持ちわりぃいいいいこんな気分は初めてだ。めっちゃ気持ち悪い。なんだろう、匂いか？　車は驚くほど揺れない。もっと遅い馬車があれほど揺れるというのに驚きだ。だというのに、何でこんな気持ち悪いのかな⁉　馬車は平気だったんだぞ⁉　なんでそれより揺れない車の方がこんなに気持ち悪いんだ⁉

「勇実さん。大丈夫ですか？」

心配そうに俺を見る利奈。何だか申し訳ない。それにしても乗り物酔い。甘く見てたぜ。間違いない、多分この匂いだ。車の中の独特の匂いがどうも苦手だ。今は田嶋にお願いして窓を開けてもらっている。なんて情けない。これが嘗《かつ》て世界を救った勇者の姿だろうか。間違ってもあの世界にいたやつらに見せられないな。タクシーが平気だったのは恐らく緊張していたからだろう。２回目で車に慣れ始めたばかりにこんな罠に引っかかってしまうとは……水魔法プリーズ。

内なる自分（胃袋からこみ上げるもの）と戦いながら、ようやく目的の場所に着いた。二階建の小奇麗なアパートだ。１階から１０１号室～１０５号室まで、２階からは２０１号室～２０５号室の部屋がある。問題の箇所は真ん中にある１０３号室か。くそ、気持ち悪くて何も感じない。霊とかいるんだろうか。

サキュバスの毒香ですら酔ったことがないというのに車でここまでコンディションが悪くなるとは恐れ入る。これ、帰りも乗るんだよな？　最悪だ。位置は覚えてるし理由つけて歩いて帰ろう。そう考えていると田嶋が１０３号室の扉の前におり、鍵を開けていた。あぁだめだ。酔いが収まるまで時間かかりそうだ。

「勇実さん、どうぞ。こちらです」

「臭い……」

「え、匂いますか？」

「私にはわからないですけど、何か感じるんですね！　勇実さん！」

くそ、思わず口に出してしまった。まだ鼻の中に車の匂いが残ってやがる。

「いえ、大丈夫です。それより今は……」

「はい、今は誰も住んでいませんので」

「なるほど、中に入っても？」

「ええ、お願いします」

狭い玄関で革靴を脱ぎ、中に入る。特殊清掃業者が入ったらしく部屋の中には何もない。本当に新品同様の部屋のようだ。ふむ……。

さっぱりわからん。

後ろで田嶋と利奈がこちらを見ている。特に田嶋の目が怖い。怪しんでいるのだろうか。まずい、何か仕事をしなければ……

「田嶋さん、ここからは俺の仕事です。先にお帰り頂いて大丈夫ですよ」

てか帰れ。田嶋が残っていたら、帰り車に乗らないとだめだろうが。

「――いえ、私もここに残り勇実さんの仕事を見届けましょう」

くそぉぉぉ、何でだ田嶋ァアア。帰れよ、空気読めよ。危ないよ？　霊出て怪我しちゃうかもだよ？　利奈は守けど、お前は知らんぞ!?

「本当に危険です。以前も霊を祓った際にはガラスなんか割れる事もありました」

「そこまでですか。であればますます帰るわけにはいきません。場合によっては周辺住民の方に説明する必要もあるでしょう。それより利奈ちゃんの方が危ないのでは？」

「あ、ああ。ええ。利奈の方は私が守りますので」

「そうですか。では安心できますね」

くそぉぉ、致し方ないか。だが意地でも車に乗らんぞ。

「ならせめて、ドアは開けたままでいいので外へ出ていて下さい。念のためです。利奈も一緒に外へ行くんだ」

「わかりました、どうか。よろしくお願いします」

「はい。勇実さん、ファイトです！」

田嶋と利奈を外へ追い出し部屋の真ん中に立つ。大分酔いが収まってきたな、これなら集中できそうだ。

さて何をやればいいか。相手は霊。対してこっちは魔法だ。あのときは効いたけど今回も大丈夫なのか少々心配だ。とりあえず適当に魔力を放出してみよう。両手に魔力を纏い手を広げる。それを身体の中心の所で勢いよく合わせる。気分は銅《あかがね》の錬金術師の主人公だ。まぁ錬成する訳じゃないがね。

「――いでよ」

手が合わさる事により発生する音と共に俺を中心に光の粒子が巻き起こり、渦のように光が回転する。ちなみにこのセリフに意味はない、雰囲気さ、雰囲気。ちなみにこの光が回転するのは俺の演出だ。ほらそれっぽいだろ。これなら霊が出なくてもなんか言い訳できるだろ。

そう思っていたところ……。

『アァァアアアア』

おいおいおいおい！　ほんとに出たよ!?　まじかよ!?　出てきた霊は頬がこけ、まるで骸骨のような顔でその両目には眼球がない。黒い闇がその眼窩を埋め尽くしている。白い髪が肩まで伸びているが、所々頭の皮がなくその下の骨が見えている老婆のような霊だ。ここまでくればやる事は変わらない。

「〝閃光の斬撃《フラッシュ・ブレイド》〟」

俺の指から閃光が辺りを包み、老婆の霊の首に輝く光の線が走った。

『アヂヂヂヂヂヂヂヂヂヂ』

「ん？」

老婆の霊の首を魔法で刎ねた。だが、驚いた事に霊は消滅せず、そのまま空中に浮いた老婆の首が俺目掛けて突っ込んできた。すかさず俺は右手を横に振る。もちろんポーズだ。それに合わせ光の壁のようなものが俺と老婆の間に出現。

『アヂアヂッ!!　グァアアアア！！！』

衝撃波が走り、窓ガラスにヒビが入る音がする。思った以上に力が強い。ふむ、興味深いな。利奈のときの霊は首を刎ねれば消滅したんだが、ここの霊はその程度では消滅しないらしい。恨みの差なのだろうか。今後はもう少し下調べをして使用する魔法を考えた方がいいかもしれないな。これ以上強い魔法を使おうとすればどうしても周囲に被害が出てしまうからだ。

それにしても――。

この老婆の霊は間違いなく以前いた世界のレイスと呼ばれる魔物よりも強い。

「よほどの恨みがあったのだろう。だが、すまないね」

さらに指を鳴らす。すると、老婆の顔から光の棘が数多《あまた》に出現する。数本、数百本という数ではない、それこそ老婆の顔が見えなくなるレベルで光の棘を出現させる。霊に痛みという概念があるか定かではないが、ここまで一斉に攻撃し消滅させれば何も感じる事はないだろう。念のため聖女御用達の雰囲気魔法も使用する。これで成仏した感を演出出来ただろう。最後にそれっぽい事を言えば仕事は終わりだ。

「何をそんなに恨んでいたのか、何が憎かったのか、俺には分からないがどうか安らかに」

『ア　ア　アア』

俺は振り返り、玄関の外にいる田嶋と利奈を見た。口を開け呆けた様子でこちらを見ている。やはりガラスにヒビが入ったのがまずかっただろうか。

「終わりました。もうあの悪霊は出ないでしょう」

「……驚きました。私は霊感なんてものはないのですが、こうもはっきり見えるとは――」

「やっぱり勇実さんは凄いですね！　あんな怖い霊を簡単に祓えるなんて!!」

「いえいえ、それほどでは……」

見えた？　あの老婆がか。どういう事だろうか、いやそうか。霊をおびき出すためにあの空間は

俺の魔力が満ちていた。そのため近くにいた田嶋にも霊が視認出来たのかもしれない。もしくは霊感が強い利奈がそばにいたからか？　色々研究の必要がありそうだな。

「恐らく俺があの霊を祓うために特別な結界を張ったため、見えたのでしょう」

「結界……あれが……」

適当吹かしたんだがやべぇ怪しんでる。これはさっさととんずらした方がいいな。

「さて、田嶋さん。俺は別件があるのでここで失礼します。また明日伺いますので報酬はそのときでもよろしいですか」

「え、宜しければ車で送って参りますが……？」

「いえ、大丈夫です。ちょうど近くに用事があったのでね、ではこれで。利奈帰るぞ！」

「え!?　あ、はい！　では田嶋さん失礼します」

よぉぉし。これで車から逃げたぜぇぇ。あばよッとっつぁん!!　ついでにあのガラスのヒビも、うやむやに出来ないかな。とりあえず飯食って帰ろう。

◇

事務所で勇実氏の力を見せて貰った私はふたりを車に乗せて問題のアパートへ向かっていた。

車を運転していても先ほど事務所で見た光景が頭から離れない。トリックではない。私の手にあったコップは間違いなく仕掛けなんてなかった。だというのに、指を鳴らすだけであそこまで綺麗に切断されるなんてあり得るだろうか。ハンドルを握る手に力が入る。まさに超常の現象だったと言える。霊能力か超能力かイマイチ判断が付かないが、少なくとも勇実氏の力は本物なのだろうと確信した。目的の場所まで車で移動中、勇実氏は窓を開け遠くを見ている。横目でチラリと見る顔は真剣そのものだ。鋭い視線を遠くの景色に飛ばしている。彼の目には一体何が見えているのだろうか。

約30分ほど運転し例のアパートに到着した。道中勇実氏の雰囲気はより鋭い物になっている。恐らくかなり集中しているのだろう。邪魔をしてはいけないな。

車から降り、珠ハイツを見る。以前、遺体処理のためにも来たがやはり私には何も感じない。だが間違いなく勇実氏には何かが見えているのだろう。

「勇実さん、どうぞ。こちらです」

「臭い……」

「え、匂いますか?」

「私にはわからないですけど、何か感じるんですね！　勇実さん！」

臭い?　どういう意味だろうか。ここはまだアパートの外。特別変な匂いはしない。いや、まて。聞いたことがあるぞ。確か霊臭と言っただろうか。テレビで霊にも匂いがあると解説している芸能人がいた。まさか、それを感じているのか。

「いいえ、大丈夫です。それより今は……」

「はい、今は誰も住んでいませんので」

念のため事前に連絡し部屋にいないのは確認している。もっとも事故物件の部屋に好き好んで泊まる人間はそういないだろうが……。

「なるほど、中に入っても？」

「ええ、お願いします」

自分の心臓がいつになく煩いのがよくわかる。ゆっくり、深呼吸をして私は前に歩き出した。落ち着いて１０３号室の玄関の鍵を開ける。扉に手を掛けるがどうしても扉が重く感じる。ドアノブに手を掛けた右手を押さえるように左手を重ね、ゆっくり玄関を開いた。

「田嶋さん、ここからは俺の仕事です。先にお帰り頂いて大丈夫ですよ」

その言葉の誘惑に一瞬乗ってしまいたい気持ちが湧き出る。しかしだめだ。彼だけを危険な目に遭わせるわけにはいかない。これは私自身の罪を償う機会かもしれないのだ。小さい不動産として必死に仕事をしてきた。事故物件が出た場合、どうしても次にそこへ入る入居者はいない。本当に、今は簡単に命を絶ってしまう人々は多いのだ。

私はもっと本気で住居希望者を止めるべきだった。もし霊が実在するなら、今回の2件の自殺は間接的に私が殺した事になるのだろう。霊という存在を信じていなかったが、今は違う。そういう現象は確かに存在しているのだろう。だから——。

「——いえ、私もここに残り勇実さんの仕事を見届けましょう」

これは私の仕事だ。

「本当に危険です。以前も霊を祓った際にはガラスなんか割れる事もありました」

そんな私を勇実氏は心配してくれている。

そんな資格は私にはないというのに。

「そこまでですか。であればますます帰るわけにはいきません。場合によっては周辺住民の方に説明する必要もあるでしょう。それより利奈ちゃんの方が危ないのでは？」

「あ、ああ。ええ。利奈の方は私が守りますので」

「そうですか。では安心できますね」

もし本当にそこまでの被害が出るならこちらから説明が必要になってくる。であればやはり見届けなくてはならない。私だけ安全な場所にいるなんて出来ないからだ。

「ならせめて外へ出ていて下さい。念のためです」

「わかりました、どうか。よろしくお願いします」

「はい。勇実さん、ファイトです！」

玄関のすぐ外から勇実氏の姿を確認する。勇実氏はゆっくりと両手を広げ始めた。

(手が光っている？)

鳥肌が立つ。唾液を飲み込み、その光景にくぎ付けになった。何かを呟き、勇実氏が勢いよく両手を合わせ乾いた音がする。

「――ッ！」

蛍？　いやもっと小さく強い光だ。それがいくつも勇実氏の周りを舞っている。幻想的な光景だ。あれは何だろうか？　するとおぞましい叫び声と共に信じられないものが見えた。

「……あれが――？」

恐ろしい。まるで見る人間すべてを恐怖に陥れるような姿。アレがずっとここにいた？　思わず自分の腕を抱きしめるように力を入れる。あんなモノを勇実氏は本当に祓えるのか？

瞬きを忘れ勇実氏の様子を見ると、何かの動作をした瞬間に部屋が一瞬だけ光に包まれた。するとあの恐ろしい老婆の首に光が走り、まるで刃で切断したかのように首と胴体が離れた。

『アァァァァァァァァァァ』

その声を聴き、すぐに耳を塞ぐ。体の震えが止まらない。なんだアレは。驚いた事にあの老婆の霊は首だけになっても勇実氏を殺そうと襲い掛かっている。しかし、勇実氏と霊の間に光の壁のような物が出現しており、あの首だけになった霊は近づけずにいたようだ。

勇実氏に焦った様子はない。本当に落ちついた様子でまた右手で何かの動作をした。すると、あの首から光が溢れるように飛び出し、そのまま光は老婆を飲み込んだ。いつの間にか勇実氏の周りは光であふれている。不思議とその光を見ると震えが止まっていった。

「何をそんなに恨んでいたのか、何が憎かったのか、俺には分からないがどうか安らかに」

不意に聞こえた勇実氏の言葉に何故か涙が流れてくる。きっと彼の力であの霊は成仏出来たに違いない。

「終わりました。もうあの悪霊は出ないでしょう」

気が付けば目の前に勇実氏が立っていた。どうやら少し呆けていたようだ。

「……驚きました。私は霊感なんてものはないのですが、こうもはっきり見えるとは――」

衝撃的な体験だった。まさかたった一日でここまで自分の価値観が変わるとは思っていなかったな。

「恐らく俺があの霊を祓うために特別な結界を張ったため、見えたのでしょう」

「結界……あれが……」

それであれば納得だ。勇実氏はその辺のテレビに出ている似非霊能力者ではない。間違いなく本物だ。

「さて、田嶋さん。俺は別件があるのでここで失礼します。また明日伺いますので報酬はそのときでもよろしいですか」

「え、宜しければ車で送って参りますが……？」

「いえ、大丈夫です。ちょうど近くに用事があったのでね、ではこれで。利奈帰るぞ！」

「え!?　あ、はい！　では田嶋さん失礼します」

そう言うと勇実氏は靴を履きそのまま消えるようにアパートから出ていった。彼ほどの男だ。恐らく別件の依頼があるのだろう。和人から聞いていた話では成功報酬は30万円だったが、それでは安すぎるな。どうしてもこの手の事故物件は不動産業をやっていれば切っても切れない関係になっていく。今後も仕事の依頼をする可能性を考えるともう少しこの縁を大切にするとしよう。

◆

「勇実さん。彰から聞きましたよ。無事依頼を達成出来たそうですね」

アパートの霊を祓った翌日、同じ喫茶店で俺と和人、そして利奈の3人が集まっていた。ちなみにこの店のピザトーストが結構お気に入りでまた注文している。これとコーラを一緒に飲むのが至高なのだ。間違ってもコーヒーではないので注意してほしい。

「ええ。無事達成出来てほっとしています」

「すごかったんだよ！　勇実さんがこうやったら光がぱーっとなってね、ホント魔法みたいだったの！」

「ははは。利奈は昨日からずっとその話をしているね」

利奈さん。出来れば魔法とか言わないでくれないかな。霊能力だから、霊能力。

「どうでしょう。以前のお話通り一緒に事務所を作りませんか？」

「……そうですね」

ずっと気になってたんだが、こう気軽に事務所作りましょとか言えないよな。今更だが何の仕事してる人なんだ。

「今更なんですが和人さんって何をされている方なんですか」

「え。ああ、いくつかの会社の取締役をしています。モデル事務所と後は配信業の会社ですね。見た事ありますか？　YooTubeって媒体とかが主ですが」

「は、背信業!?」

おいおいおい。この日本って国は宗教が入り交じった変わった国らしいが、そんな背信を目的とした会社を経営してんのか!?　しかもYooTubeって動画配信サイトで？　え、そこで背信行為を促してるのかよ。

「もしかして見た事あります？　僕の事務所のトップ配信者だと登録者100万人越えしてるんで結構有名かもです」

「100万人……背信を……」

くそ、物理的な戦いは負ける要素はないが、流石に信者が100万人いるってどういう事だ。100万人が背信しているの？　だめだ意味がわからない。だが今は敵に回すのは危険か。

「す、すごいですね……あ、事務所の件よろしくお願いします」

「え、急だね。とりあえずこちらこそよろしくお願いしますね。じゃ、手続きをしてまた連絡するよ」


数週間後、都内某所。

「お久しぶりですね、礼土さん」

「……ええ。お久しぶりです。田嶋さん」

なぜ貴様がここにいる？　いや、わかってる。この事務所は田嶋不動産から紹介された物件なのだ。だが、なぜ田嶋不動産の近くの家なんだ？　くそ、なんの嫌がらせや。

「礼土さん。とりあえずこちらを」

「おや、これは……？」

「コーヒー豆です。あと引っ越し祝いにコーヒーメーカーも用意しましたよ」

血が出るほど拳を握ってしまう。たじまぁぁお前はやはり俺の敵なのか？　なぁにが悲しくてそんな苦い液体を飲まねばならんのだ。

「ありがとうございます。うれしいですよ……えぇ、本当に」

そんな敵襲を受けながらもここに【勇実心霊相談所】が立ち上がった。

山の悪神

追放された異世界勇者

「おとーちゃん……」

「大丈夫だ、大丈夫」

森を駆ける。後ろを必死に視ないように、娘を抱きかかえながら慣れない道を進む。途中木の根で足がもつれそうになり、転ばないように注意する。

「はぁはぁ」

心臓がはち切れそうだ。もう走るのをやめてしまいそうになる自分を追い出し、必死に山を下る。なぜこんなことになったのか。あそこに残った親父は大丈夫なのか。分からないことばかりだ。そもそも――。
・・・・・・・・・・・・・・・・・・・・・・
後ろから追ってきているアレはなんなのか。

分からない、分からないッ！　でも確実なのはアレが俺の娘を狙っている事だけだ。

「はぁ、はぁはぁ」

視界がかすむ。何故こんな事になった。何もしていない、ただ田舎に帰って来ただけだ。それがなんであんな化け物がッ！

「もうすぐ、もうすぐ車だ」

「……おとーちゃん。おサルさんが……」

「ッ！」

足に力を入れる。あの化け物がすぐ近くにいるという事は俺達のために残った親父は……くそくそくそ、早く早く早く!!

山の麓に着き、置いた車に乗り込む。元々はただの墓参りで3人で来たっていうのに、今は車の中の人数は行きと違っている。娘を車の助手席に乗せ、車のキーを回す。

「――――ッ！　くそ、何でつかないんだ⁉」

思わずハンドルを叩きそうになる衝撃を抑える。クラクションを鳴らしてアレを刺激する可能性だってあるんだ。そんなことは絶対に出来ない。流れる汗が目に入るのも忘れ、必死にキーを回しようやくエンジンが起動した。

「よ、よし。すぐにここから――――ッ⁉」

心臓が止まりそうだ。フロントガラスの向こうにアレがいた。体毛に覆われ腕が異様に長い猿のような動物。だが間違っても猿ではない。身長は猿よりも二回り大きく人間とほぼ変わらない。目があるのかも分からないほど真っ黒な眼球はどこを見ているのかも分からない。親父はアレを山の神なんて言っていたが、あれは神なんて代物じゃない。どう見てもただの化け物だ。その証拠に口元から赤黒い液体が流れており、口が妙に動いている。まるで何かを咀嚼しているかのように……。

車が震え、エンジンがかかったのが分かった。バックミラーも見ず、そのままバックで発進する。目の前の猿の化け物はこちらを見たまま動かない。助手席にいる娘は懸命に両手で口を抑え、震えながら涙を流している。声を出さない娘を褒めたい気持ちを飲み込み俺はエンジンを全開にし車を進めた。

「くそ、くそ、くそ、どこにいく？　親父が言うにはアレは山の悪神らしいけど」

なら神社か？　いや寺だろうか。くそ、何も分からない。だが、少なくともこの場所から離れればアレはついてこないはずだ。もう実家にある荷物は忘れて、このまま家に帰ろう。

「待ってろよ、愛奈《あいな》。すぐ帰るからな」


あれから1週間が経過した。念のため実家に連絡を掛けたが繋がらなかった。この時間は畑に行っておらずいつも家にいるはずなのに。不安は大きくなる。夢じゃなかった。やっぱり親父は……。

「ただいまー」

愛奈の声だ。もう帰って来たのか……？　外を見ると既に夕方になっている。あぁくそ、全然仕事が進まなかった。あの日から仕事に一切手が付かない。頭の片隅に必ずあのおぞましい化け物の姿が過《よぎ》ってしまう。だが、疲れた顔を娘に見せるなんて出来ない。精一杯楽しいことを考え、可能な限りに笑みを浮かべ、愛娘の帰りを出迎える。

「お帰り！　――どうした愛奈？　顔色が悪いぞ」

いつも太陽のような笑顔を見せてくれる娘の表情が雲がかかったように沈んで見える。

「あのね、おとーちゃん。今度、近くの山へ遠足に行くんだってせんせーが言ってたの」

そう言うと手に持ったプリントを目の前に差し出してきた。いつもの可愛らしいイラストが書かれたプリントではなく、保護者用に用意されたプリントだ。それは、来月ピクニックに行くという旨が書かれた内容の書類だった。震える手でそれを受け取る。

内容は簡単だ。幼稚園のバスで近くの小さな山に行き、そこでお弁当やお菓子を食べて帰る。日帰りの本当に簡単な遠足。だが――。

「お猿さん。また来るかな」

あの日戻ってすぐに俺たちは近くにある有名な神社へ行き、お祓いをしてもらった。神主に事情を説明し、何とかならないかと話したのだが、神主からは望んだ答えは貰えなかった。

『娘さんは恐らく山の神に魅入られたのでしょう。すぐに忘れなさい。山に行く事はもちろん、その事を思い出すだけでも危険かもしれない』

山の神。

とても信じられないが、親父もあの化け物を見たときに、そう言っていたのは覚えている。あの神主の言う事が本当であればあの山に近付かなければ平気という事ではなく、山であればどこであろうとも駄目なのだそうだ。基本あの化け物はあの山に住んでいるそうだが、山に近付けばすぐに分かってしまうそうだ。それに気になる事も言っていた。

『娘さんから何か不思議な気配を感じます。おそらくそれがその神との縁になっているのでしょう。どうかすぐに忘れるようになさい。この日本には神は大勢いますが、今回娘さんを魅入った神は悪神の類です。それも強力な力を持った存在だ。最低でも数年は山に近付かず、今日のことを思い出さないようにするしかないでしょう。人には念というものがあり、想いとはその相手に届いてしまうものなのです。人里に来るという事はないと思いますが、どうか努々《ゆめゆめ》忘れないように』

それから俺はあの日の事を娘が忘れるように、遊園地に連れて行ったり、水族館に行ったりと、他の楽しい思い出を作ろうとした。愛奈も何かを察してなのか、あの日のことは言葉には出さなかった。今日までは……。

「――ごめんな、愛奈。その日はお休みして、おとーちゃんと一緒に遊びに行こう。この間行った遊園地とかどうだ？」

「……うん。そうだよね」

娘の沈んだ顔を見るのが辛い。妻を早くなくし、娘との時間を作るために仕事も変えた。愛奈は俺の全てだ。望んだことは何でもしてやりたい。

「――おとーちゃん！　今日のご飯なに!?」

「ッ！　あ、ああ。今日は愛奈の好きなハンバーグだぞ！」

本当に良くできた娘だ。ごめんな、ごめんな。父ちゃんが何とかしてやるからな。


「そんなッ！　そこを何とかお願いします！」

スマホを耳にあて、部屋の中を右往左往してしまう。愛奈の遠足の話を聞いて翌日、俺は以前世話になった神主に電話をしていた。あの化け物を祓う事が出来ないか、その依頼だ。

『無理なものは無理ですよ、千時《せんじ》さん。私はこういう仕事をしているため、勘違いをされてしまいますが、霊は見えますが、祓うことは出来ません。弱い霊なら何とかできるかも知れませんが、今回はただの動物霊なんてものじゃない、正直手に負えません、まさかそこまでの力を持っているとは想像出来ませんでした』

あの日。愛奈から遠足があると俺に告げた日の翌日だ。まだ平気だと思っていた。遠足で山に行く。本当に愛奈には可愛そうなことをしてしまうが、行かせることは出来ない。だから遊園地に行こうと約束していた。だというのに――。


「……おとーちゃん」

「ん？　どうしたんだ愛奈」

幼稚園から帰ってきた娘が沈んだ面持ちなのが気になった。嫌な予感がすると直感で感じたのを覚えている。背中に冷たい汗が流れ、気温とは関係なく汗が額を流れるのを感じた。

「あのね、今日ね。ちーちゃんがね……」

「ちーちゃん？　千佳《ちか》ちゃんがどうしたんだい？」

「……ちーちゃんが、幼稚園のブランコにお猿さんがいたって言ってたの」

「なッ!?　ど、どうして……」

頭が真っ白になる。息が止まりそうになり、無意識に愛奈を抱き寄せていた。強く、強く腕の中にいる愛奈を抱きしめる。この手の中の存在を絶対に失いたくない。どうすればいい。見間違いの可能性は？　考えすぎなんじゃないか？　いくつもの考えが浮かび、同時に自身で否定してしまう。

「おとーちゃん？」

「……大丈夫だ、きっと見間違いだよ」

「――うん、そうかな？」

「あぁ、そうだよ。さ、ご飯食べよう」

夕ご飯を食べ、愛奈をベッドに連れて行き、何とか寝かせる。最近は前のような我儘を言わなくなった。我儘といっても遊びに行きたいとか、何々が食べたいなど可愛らしいものばかりだ。全部叶えてやりたい。思春期になればきっと俺から離れていくだろう。寂しいがそれも大人になるという事だ。だからせめて、今だけは精一杯甘えさせてやりたい。愛奈のためなら何でも出来る。

仕事部屋に行き、スマホを手に取った。連絡帳の中から、先日会い、助けてくれた神主へ電話をかける。夜も遅い時間だが、繋がるだろうか。少しのコール音の後に、幸いにも相手は通話に応じてくれた。

「夜分に申し訳ありません。以前お世話になりました千時武久《たけひさ》です。浅見《あさみ》さん覚えてますか？」

『ああ、お久しぶりですね。ええ、もちろん覚えておりますよ。どうされましたか』

「実は――」

俺は愛奈から聞いたことを伝えた。遠足で山にピクニックに行くという話が出たこと。今回は山には行かず、遊園地に行こうと話したこと。そこまでは、浅見さんも頷きながら聞いていてくれた。だが、娘の友人が猿のようなものを見たという話をしたときに、電話越しでも雰囲気が変わったのが直ぐに分かった。

『――本当ですか？』

「ええ、何かの見間違いだと思うんですが、あまりにもピンポイントな話だったので相談したく」

『千時さんがいらっしゃるのは東京でしたよね、野生の猿が出没したというニュースなどは？』

スマホを耳にあてながら首を振る。

「いえ、ありません。真っ先に調べましたがそんなニュースはありませんでした」

『……心配はいらないと思います。確かに強力な力をもった存在ですが、ああいったモノは山から離れてしまえば力は格段に落ちてしまうのです。わざわざ自分の力を落としてまで街まで降りて来るなど考え難い』

「そ、そうですよね」

『ですが、何が切っ掛けになるか分かりません。十分にご注意を』

「はい、ありがとうございます」

少しだけ、胸の中の重りが消えたように感じる。

ああ、どうか見間違いでありますように。

だが、その願いは本当に空しく消え去った。顔面が蒼白になっているのが自分でも分かる。今自分が持っている一枚のプリント。保護者様へのお知らせと記載されており、ここにはこのように書かれていた。

【昨日、不審者が園内に侵入した痕跡がありました。不審者は頭のない動物の死体を園庭に放置し去っていったようです。警察にも連絡をして警備を依頼しておりますが、保護者様も送迎の際には細心の注意を払ってください】

そしてその下に監視カメラで撮影した犯人と思われる画像が貼られていた。深夜の街灯もない園庭のため、顔など判別も付かない。かろうじて分かるのは手が異様に長いという事だろうか。プリントを握る手に力が入る。

——あいつだ。

この長い手、夜のためシルエットしか見えないが、あの日、あのときいた猿の化け物。それにかなり近い体型をしている。一度見たあの日の光景がフラッシュバックし思わず、プリントを投げ捨ててしまう。

「愛奈、明日から幼稚園はお休みしよう」

「で、でも……」

「ごめんな、きっと、とーちゃんが何とかしてやるから」

自分の不安を誤魔化すように兎に角行動しなくてはならない。まずは電話だ。浅見さんに電話しよう。

スマホを操作し履歴から浅見さんの名前をタップする。流れるコール音が早く終われと心の中で呟きながら繋がるのを待った。

『どうしました、千時さん。何か——』

「助けてください！　浅見さん、あいつが！　あの化け物がッ！」

『落ち着いてください。まずは状況を——』

そこから俺は捲くし立てるように一息で今起きている一連の事を説明した。相手の反応も聞かず、ただ自分の不安をぶつけるように。

「あいつです。この姿は間違いない。あいつが……愛奈を狙ってここまでッ!!」

『馬鹿な、ありえない。ひとりの人間にそこまで執着するなんて聞いた事もありません』

「ですが、事実あいつはこの場所にッ！　幼稚園からこの自宅まで距離だってそれほど離れていないんです！」

『千時さん、どうか落ち着いて。心を乱してはいけません。アレはまだ持っていますか？』

アレとは以前山から降りた際に、神社に行き、浅見さんから預かった札だ。

「もちろん、持っています」

『気休めでしょうが、それを常に娘さんに持たせてください、多少なりとも効果あるはず』

「わかりました、その後は!?」

どうすればいい？　そもそも山に近付かなければ平気だったんじゃないのか。もう何をすればいいのか分からない。正解が分からず目の前はただただ暗い。だから、浅見さんに縋《すが》るしかないんだ。

『――後は祈るしかないでしょう。あの山の神に見付からないことを』

「なッ！」

何を言っている!?　見付からないように祈る？　馬鹿を言うな。既にあの化け物は近くまで来ているんだ。祈って何の意味があるんだ、それより――。

「アレを追い払う方法はないのですか!?」

『申し訳ありません、千時さん。どうすることも出来ない事が世の中にはあるのです』

「そんなッ！　そこを何とかお願いします！」

『無理なものは無理ですよ、千時さん。私はこういう仕事をしているため、勘違いをされてしまいますが、霊は見えますが、祓うことは出来ません。弱い霊なら何とかできるかも知れませんが、今回はただの動物霊なんてものじゃない、正直手に負えません、まさかそこまでの力を持っているとは想像出来ませんでした』

視界がぼやける。考えが纏まらない、冷静になることなんて出来ない。ただ、最愛の存在が危機にさらされているというのに何も出来ない。それがどれほど悔しく、悲しく、苛立つものか。

「他に方法は何もないのですか？　本当に何もないのですか!?　どうか！　愛奈は、愛奈だけは！

そ、そうだ。俺が愛奈の身代わりになるとか!?」

『――千時さん、それは難しいかもしれません。実際直接相対したとき、貴方は無事だったのでしょう？』

「でも、親父はッ！」

『話を聞く限り、貴方の父は倒すつもりで立ち向かったのでしょう。少しでも貴方達が逃げる時間を稼ぐために……』

つまり、愛奈の代わりに俺の命を差し出しても奴は満足しないという事ではなく、最初から愛奈だけを狙っての行動という事か。

「助けて下さい……どうか、どうか……」

『――一応手が無いわけではありません』

その言葉を聞き俯いていた顔を上げる。

「本当にですかッ!!」

『ええ、正直おすすめ出来ませんが、こういうことを専門にしている人間がおります。名前は大蓮《だいれん》寺京慈郎《じきょうじろう》。霊を祓う事を専門にしている霊能者です』

「そ、その人なら!?」

聞いた事がある名前だ。そうだ、テレビでも紹介されてたのを愛奈と見たことがある。

『ただ、彼はかなりの守銭奴でして……正直どれだけのお金を要求されるか分かりません。ですが、力は本物でしょう』

「愛奈のためなら、お金なんていくらでも払います！　それで助かるなら……」

ようやく、光が見えてきた。希望の光だ。俺は浅見さんにお礼を言って電話を切り、直ぐにネットで検索してみた。

すると直ぐにホームページが見つかる。クリックして中に入ると、大きな数珠をつけた恰幅のいい男の写真が出てくる。テレビで見たときと同じ柔らかい表情をしている。俺は直ぐにこの人にアポを取るため電話番号を探したがどこにも乗っていない。仕方なく依頼窓口と書かれた場所からメッセージを送ることにした。今の現状など可能な限り詳しく記入し、送信。後は待つだけだ。

だが、送ってから1日たっても返信が無い。ネットで電話番号を探すがどこにもないため、連絡のしようがなくて俺は焦っていた。どうすればいい？　何時あいつが来るか分からない。早く何とかしないといけないという焦りから俺はSNSなども使い、他にこういった事を専門にしている人がいないかネットの中を探し回った。大蓮寺さんと同じく有名な霊能者なんかのページを見つけるが予約が埋まっており、直ぐに対応できる所はなかった。

そうして、1つのSNSのアカウントを見つけた。

【勇実心霊相談所。前金なしの成功報酬のみ。どのような、悪霊も退治します】

胡散臭い。正直かなり胡散臭い。だが、成功報酬のみであれば物は試しだろうか。一応連絡だけでもしてみよう。そう思いDMを送った。


「ふ、ふざけるなッ!!」

俺は手に持ったスマホを思わず、床に叩きつけてしまう。画面はひび割れ、そこには先ほど受信したメールが表示されていた。

『千時武人《たけひと》殿。貴殿のお話から状況はある程度理解しました。恐らく強力な山の物の怪の類であると、大蓮寺様はおっしゃっております。今回のご依頼を行う場合、最低でも前金で一千万。成功報酬として更に一千万をご用意ください。下記口座に振込みが確認出来次第、大蓮寺様より、貴方の娘様を守る、大変有り難い護符を郵送いたします。また、この護符は霊験あらたかな物です。護符が手元に到着次第、早急に護符代として200万円をお振込みください。以下振込先の銀行となります』

なんなんだッ！　このふざけたメールは！　前金と合わせて2千万、更によく分からん護符に200万！　この様子なら恐らくまだ金を取るつもりなのは明らかだ！　これで娘を確実に守れるなら考えもする。だが、このメールからは悪意しか感じない。本当にそれで愛奈を守れるのか!?　髪の毛が抜けるほど、髪をかきむしる。浅見さんから言われ、頼ろうともしたが、これはだめだ。本気でこちらのことを考えているとは思えない。このメールからはどう金を取るのかという事しか考えていないように感じる。

「もう、この人に頼るしかない、か」

勇実心霊相談所。最近、SNSを始めたらしく、ネットにホームページなどは存在していない。依頼料は20万から要相談、と書かれている。そのため、評判などを調べようと検索してみたが、まったくヒットしなかった。恐らく最近出来た所なのだろう。だが、もう頼れそうなのはここしかない。DMを送り、本当に前金は要らないのか、20万円のみでいいのかを再三確認した。その際に返事として送られてきた内容では、最低金額は20万円。祓う霊の強さによって金額は要相談。ただ、話を聞く限りではただの霊ではなさそうなので、一度お会いしてから相談させて欲しいという事だった。

なるほど、確かに普通の霊ではないだろう。なんせ、浅見さんが言うには山に住む悪神の類という事なのだ。大蓮寺と比べ、20万という安すぎる金額に逆に詐欺ではないかと疑ったが、とりあえず話はしておこう。

そうして、浅見さんから預かった札をしっかりと娘に持たさせ、DMで指定された場所へタクシーで移動することにした。幸い場所はそれほど離れていない。自宅までタクシーを呼び、周りを確認しながら、タクシーに乗り込んだ。

「どちらまで行かれますか？」

「この住所までお願いします」

そんなやり取りをして、タクシーは動き出した。流れる景色を見ながら、今後のことを考え不安に襲われる。どうすれば娘を守れるか。そんな事ばかりを考えているため、仕事にも手が付かない。

「おとーちゃん。大丈夫？」

「……ああ、大丈夫だよ」

こんな自分の身を案じてくれる可愛い娘のために、やれることは何でもやろう。そう気持ちを新たにしたときだ。急にタクシーがブレーキを踏み、俺と愛奈は身体を前に投げ出されそうになる。シートベルトをしていなければ、本当に危なかった。

「お、おいッ！　危ないじゃないか!!」

「申し訳ありません、急に動物が飛び出してきたもので……」

「動物だと？」

「ええ、何か妙にデカイ猿みたいな奴でしてね」

そう言うと運転手はシートベルトを外し、扉を開けようとしている。俺はそれを全力で止めた。

「おい！　すぐに発進してくれ!!」

「え、ですが、轢いてるかもしれないですし……」

「いいから、頼む！　――早く行ってくれ」

「は、はあ」

いぶかしむ運転手はゆっくりとまたタクシーを前進させた。当然、車の前に轢かれた動物なんていなかったため、問題なくタクシーは先に進む。時間がないと思った。愛奈を抱き寄せ、早く目的地に着いてくれと祈ることしか出来ない。そうして、タクシーに乗って約1時間程度経過し、ようやく目的地に到着した。

代金を払い、恐る恐る外に出る。あたりには何もないようだ。安全を確認してから娘を下ろし、目的地を見上げる。どうみても一般的なマンションだ。商業ビルのテナントという訳でもない。普通の家庭が住んでいそうなマンションにしか見えない。だが、ここまで来たのだ。行くしかない。詐欺の類ではない事を心から祈る。

エレベーターに乗り、4Fのボタンを押す。目的の階に到着し、そこでDMで貰った402号室まで行く。自分の心臓の鼓動が強くなるのを感じる。どんな人物が出てくるのかさっぱり分からないが、惑わされないように慎重に見極めなくてはならない。大きく深呼吸をしてからチャイムを鳴らした。すると、ドアの向こうから人の気配がする。

『はい、どちら様でしょうか?』

若い女性の声だ。

「本日、予定をご相談していました千時武人です」

『千時様ですね、お待ちしておりました。どうぞ中へ』

開錠される音が聞こえ、その後に目の前の扉が開かれた。玄関には、ひとりの若い女性がこちらを見て微笑んでいる。

「どうぞ、中へ」

「はい、失礼します」

「しつれいします」

愛奈の手をしっかりと握り、玄関で靴を脱ぐ。思ったより広い部屋だ。間取りは３ＬＤＫだろうか。観葉植物やインテリアなど飾られているが、あまり霊能力者の事務所には見えない。そうして女性の後ろに続いてリビングに行き、俺は思わず息が止まりそうになった。

銀髪の男がいる。白いスーツに身を包み、足を組みながらソファーに座り、黒いカバーの本を読んでいるようだ。銀髪に青い瞳、十字架のイヤリングをつけており、その様子はまさに映画のワンシーンを切り取ったかのような造形美であった。黒いカバーのあの本は聖書だろうか。とても真剣な様子で目を通している。そして、俺たちに気づいたのだろう。こちらに目線をやると、本を閉じ、立ち上がって近づいてきた。身長は、１８０センチメートル以上はありそうだ。若干見上げる形になるが、なんだろうか。オーラが違うというのか、一目見て分かった。多分、彼は本物だ。

◆

俺、勇実礼土はかつてない危機にいるのかもしれない。３度、魔王を殺し、真祖のヴァンパイアを殺し、龍さえも殺したことがある。そんな俺にここまでの恐怖を与えるなんて、やるじゃないか。

「絶対にいやだ」

「なんでよ、絶対似合うわ」

和人の力も借り、俺は自分の事務所を作る事になった。田嶋から物件を紹介され、あれよあれよという間に、池袋という場所にマンションを借りてそこを事務所にする事に決まったのだ。

だが、問題はそこじゃない。利奈が助手という感じで俺の手伝いをする。それはいい。だが何故か栞が一緒にいる。

まぁ、それもいい。正直ひとりでは何をやればいいのかさっぱり分からないからな。問題は――。

「礼土君。これつけようよ」

この一言から始まった。

「ん、何だいそれ？」

「ピアスよ。礼土君に似合うと思って持ってきたの。ね、つけてみて！」

そう言って銀色のアクセサリーを渡された。そこには針のような小さい金具から鎖につるされた十字架があしらわれている。正直に言って、めっちゃ好みのデザインだった。漫画で読んだキャラとかがこういうデザインのものを装備していた。

「へぇ、カッコイイね。どうやってつけるの？」

「えーっとね。あ、礼土君、穴空いてないのか」

「――穴？」

「そ、ピアスつけるために耳たぶに穴を開けるのよ、ほらこんな感じで」

そう言うと髪を掻き分け自分の耳たぶを見せてくる栞。それを見て、俺はドン引きした。

「え、それ自分で穴を開けたの？」

「一応病院でやってもらったわ、でもピアッサーっていう器具もあるから、家でも出来るよ」

「ふーん。俺はやめておくよ」

いやいやいや、耳たぶに穴を開けるとか意味わからん。仮にそれ引っ張られたら、どうなるの？　耳が裂けない？

いや、裂けるよね？　無理無理無理無理無理無理無理無理無理。あの世界でも自分で身体に穴を開ける奴なんていなかったぞ？　怖いな日本。

「えぇーどうしてよ」

「ははははーー絶対にいやだ」

「なんでよ、絶対似合うわ」

俺だって勇者として幾度も戦場を乗り越えてきた。まだ5歳のガキだった頃は当然、怪我をする事も多くあったし、中には身体を欠損するほどの大怪我を負ったことだってある。そんなとき、俺を育ててくれた恩師がいなければ俺は今、こうして五体無事ではいなかっただろう。もっとも、15歳くらいになってからは怪我らしい怪我を負ったことはないのだが。それでも、自分で自分の身体に穴を開け、そこに金属の棒を差し込むとか、どんな拷問だ!?　マジおっかねぇ。

そんな感じで、栞と嘗《かつ》てない攻防を繰り広げ、結果的に耳に挟むイヤリングで妥協する事になった。っていうか、俺はそっちの方がいいわ。耳たぶに穴開けるとか、マジで意味わからん。

そうして、新しいアクセサリーを身につけ、日課の漫画を読む。和人たちがＳＮＳで勇実心霊相談所という名前でアカウントを作成したらしい。基本的な管理は栞と利奈が行うそうだ。一応アカウントに入るためのＩＤとパスワードを教えてもらったが、ＳＮＳ自体よく分からないので、俺はノータッチだ。

「今日は暖かいですね」

「まぁそれは仕方ないさ、夏だしね」

「ねぇ、礼土君。一つ聞いてもいい？」

「何？」

「それ、どこで買ってきたの？」

そう言って栞が指指すのは俺のブックカバーだ。

「あぁこれか」

これは、秋葉原で散策中に見つけたブックカバーだ。黒塗りで表紙に十字架やら、よく分からない模様なんかがあり、一目惚れして購入した。基本電子書籍で漫画を読む俺だが、ちょうど読みたかった漫画の完全版が出ており、それを購入し、さっそく買ったブックカバーを嵌めて読書中だ。かさ張らない電子書籍もいいが、やはりこの印字された本の匂いは結構好みだ。よし、今日は全巻読み倒すとしよう。

すると、部屋の中にチャイムの音が鳴る。

「おや、頼んでたピザが来たかな」

「見てきますねー」

「ごめんな、ありがとう」

そうして俺はまた読書に戻る。今は漫画の世界に浸りたい気持ちだったのだ。

「礼士さん、今日アポを取られていた千時さんがいらっしゃいましたよ」

あれ、今日でしたっけ？　まずい、もうすぐピザが届くんじゃないか？　そんな焦る気持ちを抑えながら、俺は栞に目配せを送る。すると、紅茶を3人分出した栞は俺の視線に気づき、頷いた。どうやら分かってくれたようだ。出来ればこの親子に気づかれないようにピザを受け取ってもらいたいものだ。そうして俺は改めて前のソファーに座るふたりの親子を見た。

男性の名前は千時武人。年齢は40代くらいだろうか。無精髭が目立ち、目に隈が出来ている。眠れていないのかもしれない。もうひとりはまだ10才程度の女の子、千時愛奈だ。確か栞から聞いていた内容によると、この娘の方が霊に狙われているらしい。まぁ話を聞くところから始めよう。さっぱり分からんからな。

「初めまして、勇実礼士と申します」

「千時武人です。こちらは娘の愛奈です」

「あいなです。よろしくお願いします」

なるほど、礼儀正しい子だ。緊張しているようだし、お菓子でもやるか。俺はスーツの内ポケットから、携帯しているPちゃんのチョコ菓子を取り出し、それを娘の前に置いた。

「難しい話になるだろうからね、よかったらそれでも食べてくれ」

「あ、ありがとうございます」

たどたどしい口調で礼を言った娘は父親の顔を見た。父の武人も混乱している様子だが、俺がテーブルに置いた未開封のチョコボールを見てそれを娘の手の上に乗せてやっていた。

「さて、さっそくお話を聞かせてもらってもいいでしょうか」

「はい、実は――」


そうして武人から語られた内容を俺は聞き逃さないように静かに聞いた。実家の近くにある山へ墓参りに行ったという事。そこで、猿のような化け物がいたこと。娘を庇って武人の父がその場に残ったこと。恐らく武人の父は既に亡くなっているという事。近くの神社の神主からそこで詳しい事情を聞かされたそうだ。曰く、あれは山の神である。ただし、善い神ではなく、どちらかというと悪い神に分類されるらしい。その猿が土地に恵みを与えるが、時々人間を攫い、喰らうことがあるという事だ。そのため、武人の父親はその猿の存在を知っていたらしいが、武人自身はすぐに都会に出てしまったこともあってそういう言い伝えはまったく知らなかったそうだ。

「ちょうどここに来る途中もその化け物が出たみたいなんです。どうか、助けてください。娘を、娘をどうかッ！　どうか……」

そう言って武人は目に涙を浮かべ、深く頭を下げた。

「安心して下さい。俺はこういった事の専門家です。荒事には慣れている。もう大丈夫ですよ」

「あ、ありがとう。ございます」

それにしても猿の化け物ね。ここに来る道中にも出たという事だが、もしや近くにいるのか？　試してみるか。

「武人さん、愛奈ちゃん。目を瞑ってもらっていいかな」

「え？　は、はい」

「わかりました」

流石にこの距離だと眩しいだろうからね。ふたりが目を瞑ったのを確認し、俺は拍手する要領で手を叩いた。パンッっと乾いた音と共に、俺の身体を中心に光の渦が巻き起こり、この周囲に飛び散る。

「ッ！　こ、これは!?」

「す、すごい！」

どうやら手を叩いた拍子で目を開けてしまったらしい。っていうかふたりとも目を瞑ってたんだから、格好つける必要なんてなかったのだが……。

「先ほど周囲に俺の霊力を展開しましたが、どうやらその化け物は近くにはいないようです」

「す、すごい。貴方はやはり本物だったのですね!?」

「ははは、それはもちろんですよ」

嘘である。これまでの経験で、少なくとも霊は魔法で倒せる。なら何かしら反応するだろう。だから適当に視覚化できるように光の魔法を放っているだけなのだ。すまんの。それにしても漫画みたいに霊を口寄せとかマジでどうやってるんだろうか。しかし、参ったな。その霊の反応がない。という事は考えられるのは二通りだ。

1つはこの武人が嘘をついている可能性だ。だが、それはないだろう。この表情から察するに殆ど眠れていないのだろう。嫌がらせで嘘をついているとはとても思えない。

ならば2つ目だ。恐らく件の化け物は俺の魔力に気づき近くによってこない可能性だ。であれば本当に厄介かもしれない。今まで出会った霊は漫画で読む限りだと地縛霊という分類らしい。それは土地に縛られ身動きが取れない霊たちの事を指しているそうだ。

だが、今回の霊は違う。恐らく俺のいた世界の魔物と同じだ。分かっているのだろう、本能的に俺に近付くとどうなるか、という事が。

という事はそれなりに知性を持っている可能性がある。一度探知できれば、すぐに消滅させられる自信はあるが、探知できなければそれも難しい。この池袋全土を覆うように魔力を放てば何かしら反応はあるだろうが、万が一それをやれば今回の霊以外にも多くの霊たちが反応してしまう。そうなれば阿鼻叫喚だ。つまり、この時点で俺の取れる手は待ちの一手という最悪の手段しか思いつかなかった。

「率直に申し上げましょう。恐らくその化け物を祓うのは容易です」

「ほ、本当ですか!?」

目を見開き、身を乗り出してくる武人。

「ただし、少々厄介なことに、その化け物が近くにいません。恐らく俺の力を感じ近寄れないのでしょう」

「おぉ、それは凄い」

「いえ、だから問題なのです。武人さんの話では愛奈ちゃんが狙われているそうですね？　恐らく俺の力の範囲内にいるため、手が出せないようなので、そこから離れてしまうと――」

俺の言葉を聞き、息を呑む武人。そして恐る恐る質問をしてきた。

「勇実さんの元から離れると、どうなるのですか？」

「恐らく今まで以上に狙われます。かなり強引な方法で襲ってくるでしょう」

「そんな、どうすればッ！」

俺の話を聞き、絶望の表情を浮かべる武人を安心させるように、1つの提案を出す。

「だから、解決するまで、そちらに泊まり込みで警護しましょう」

「え、い、勇実さんがですか!?」

「はい。大丈夫完璧にお守りしましょう。それこそ魔王からだろうとね」

「それは……頼もしいです」

疲れた様子ながらどこか安堵したような顔で武人は俺を見た。そして何かに気づいた様子で顔つきが少し変わる。

「あぁ、そうだ。申し訳ない、失念していました。今回の依頼料はいくらになりますか？」

どこか気まずそうにそう切り出してきた。確かにその話をしていなかったな。

「なるほど、そうですね。あぁ愛奈ちゃん。あっちに栞っておねえちゃんがいるからそこに行っておいで、多分ピザがあるから食べているといいよ」

「――そうだな、愛奈。ピザがあるってさ。行っておいで」

流石に娘の前でお金の話はしたくないだろう。幸い頼んだピザはLサイズ2枚だ。こうなったらみんなで食べるとしよう。武人の話を聞き、ずっと静かにしていた娘は父親と俺の目を交互に見てからソファーから立ち上がり、そのまま栞が立っている方まで歩いていった。

「賢い子ですね」

「はい、自慢の娘です。――気を使っていただきありがとうございます」

「いえ、それで依頼料ですが、お約束通り前金はなしです。成功報酬としてこれくらいで如何ですか？」

そう言うと俺は指を3本立てた。まだ戦うべき猿の化け物というのがどの程度か全然分からないのだが、まぁそれでもオークレベルだろうか。だがまったく問題はない。俺の指の本数を見て、武人は少し考え込んだ様子だ。まぁ無理もないだろう。この世界で30万円というのは決して安い金額ではないのだ。だが今回は間違えていない。決して30円ではないのさ。

「……わかりました。それなら何とかお支払いできると思います。では300万円でどうぞ、よろしくお願いします」

「ええ。ではそれで――ん？」

だから、ちげぇえよ!?

『いいんじゃない？　話を聞いた限りだと、結構危険な相手に思うけど』

「しかし、和人さん。流石に想定していた十倍の金額というのは……」

思っていた金額と随分違う額になったため、俺はこそこそ隠れて山城和人に電話していた。

『礼土君。彰からも話は聞いていたけど、君の力は間違いなく本物だ。安売りするべきではないと思うし、今回の依頼人も多分そう思っているだろう。こちらでも調べてみたけど、結構面白いことが分かったんだよ』

「面白いこと？」

和人と電話で話しながら、キッチンの方を見ると、テーブルを囲み、武人と愛奈、そして栞の3人は楽しそうにピザを食べていた。いや、俺の分残してあるよね？　大丈夫だよね？

『千時武人。結構有名な放送作家で、業界では有名人のようだ。多分彼と縁を繋いでおくと、これから仕事に困らなくなるんじゃないかな』

「そうかな？」

放送作家という仕事がよく分からない俺だが、和人が言うならそうなのだろう。知らんけど。

『いいかい、礼土君。芸能界っていうのは闇が深い。それこそ、一般人より多くの業を背負っている人がいる。正直な話、依頼をえり好みしないなら、今回の話はかなり美味しいと思うね』

「そうですか。ま、無理の無い分割払いも可って話しておきますよ」

『ああ、それでいいんじゃないかな。終わったら土産話として沙織と一緒に聞かせておくれよ』

「りょーかいです」

通話を終えると、栞がお皿に何枚かピザを乗せてこちらに来た。気の利くやつだ。

「お疲れ様。電話だれから？」

「君のお父さんだよ」

「パパ？　なんだって」

「なんでもないさ。それより話は纏まったかな」

皿の上に乗ったマルゲリータを1枚取り、口に入れる。このチーズの具合やトマトソースの味が最高だ。これならLサイズをあと2枚頼むべきだったな。

「うん、とりあえず利奈も一緒に行くってさ」

「利奈もか？　俺ひとりでいいんだが……」

「助手だからじゃない。一応言っておくけど、ちゃんと利奈も守ってよね」

「そこは任せろ」

栞にそう言って武人の元へ戻るとすっかり利奈と愛奈は仲良くなっているようで一緒にテレビを見ている。

「では今からタクシーを呼びます。愛奈を抱えれば一緒に乗れると思いますし」

「ええ。わかりました。ではさっそく……ん。タクシー？」

「はい。待っていれば来るかと思いますがどうされましたか」

まずい。これはまずい。タクシーだって？　絶対酔うんですけど。いやなんですけど。ふむ――致し方あるまいて。

「利奈。先に武人さんや愛奈ちゃんとタクシーで移動してくれ。俺は気になる事がある。調べ物をしておこうと思うんだ」

「え!?　まさかこの事件でもう何か気づいたことがあるんですか！　すごいです勇実さん！　あ、でもそれなら私も一緒に手伝いますよ」

何か興奮した様子で勘違いをしている。どうしよう訂正するべきか？　いや放っておくか。

「大丈夫だ。俺ひとりの方が身軽に移動できるからな。とりあえずスマホに武人さんの住所を送っておいてくれ。あとから行く」

「そうですか……わかりました」

「さて武人さん、それに愛奈ちゃん。これを」

そう言って俺は2つのメダルを渡した。ちなみにこれはただのメダルじゃない。一見するとゲーセンのメダルにしか見えないが違うのだ。これには俺の魔力が込められている。霊という存在がどの程度俺の魔力に反応するかわからないが、多少は獣避けならぬ霊避けになるかもしれない。

「これは……？」

「お守りみたいなもんです。必ず身に付けてください」

「ああ、助かります。ありがとう、本当にありがとうございます！」

「ありがとう！」

武人と愛奈の様子を見て改めて今回の依頼をがんばろう。なら俺なりにやれることを整理するべきか。そうだな、武人の家に先回りして結界を張ろう。出来るだけ強固な感じでだ。そうと決まれば急ぐとしよう。

◇

勇実さんと別れて私たちはタクシーに乗って千時さんのご自宅へ向かっている。

「山城さんはいつから勇実さんの所で？」

「実は先月からなんです。私も勇実さんに助けられて」

そう勇実さんは凄い人だ。私のときも、あのアパートのときもカッコよく霊能力で悪霊を倒していた。私は霊退治の手伝いは出来ない。だからせめて依頼主を不安にさせないように努力しよう。出来るだけ明るく不安にさせないようにするんだ。でも……愛奈ちゃんを狙う山の猿の霊。山って聞けばどうしてもいやな予感がする。よく怪談とかでも聞くけど山に出る霊は普通じゃない。それこそ神様がいるって話とかいっぱい聞く。

「ねえ利奈お姉さん」

「ん、どうしたの？　愛奈ちゃん」

「おとーちゃんを助けてくれてありがとう」

この子は本当にすごい子だ。狙われているのは自分なのに父親である千時さんの心配をしている。霊相手じゃ私は何も出来ないけどせめてこの子の心は守ってあげたい。

「大丈夫、すぐいつもの日常に戻れるよ」

そう言って愛奈ちゃんの頭を撫でる。サラサラの髪が指を透き通る。にぱっと笑う愛奈ちゃんが可愛く私は走行中ずっと頭を撫でていた。流れる景色を見ているとスマホが震える。何だろうと思い画面を見ると勇実さんから連絡が来ていた。

『俺は少し早いが武人さんの家に着いた。例の猿の霊が入れない様に周囲を結界で囲っておく』

「え!?　勇実さん、もう着いたんです!?」

「どうしたんですか山城さん。着いたというのは……」

「あ、いえ、あの……勇実さんがもう千時さんのご自宅に着いたそうで――」

結界を張ったらしいと言おうとして私は止まる。タクシーの運転手の人に結界なんて言っておかしい顔をされるかもしれない。だから私はスマホに届いたメッセージを千時さんに見せた。すると驚愕した表情になる千時さん。

「我々の方が先に出発しましたよね……いつのまに」

「ほんとにすご……きゃぁ!?」

いきなり身体が大きく揺れる。思わず隣に座っていた愛奈ちゃんを抱きかかえる。急停止したのかゴムタイヤが擦れる音と一緒に身体が車内で叩きつけられる。シートベルトをしていて本当によかったと痛感した。激しいブレーキ音と共にタクシーが止まったのを見て私はゆっくり顔を上げる。

「いたた。い、一体何が……運転手さん、急にどうしたんですか!?　愛奈と山城さんは大丈夫？」

「も、申し訳ないです。い、いや……あれ？　おかしいな」

千時さんがそう大声を出すと運転手の人が謝罪しながらも首を傾げている様子だった。おかしい、おかしいなと呟いている。後ろを見ると特に後続車は来ていない様子で少しほっとした。そして改めて前に乗っている2人の様子を伺っていると運転手さんが謝罪しながらドアを開けて外へ出てしまった。

「あの、どうしたんですかね」

「いやわからない。ただ誰かが前を横切ったって言ってて……」

「誰かが横切ったって……まさか事故ですか？」

「いやわからない」

フロントガラス越しに車の様子を確認している運転手さん。しゃがみ、周囲を確認している。

「遅いな。いつまで外にいるんだ……すみません山城さん。愛奈を見ていて下さい」

「はい。わかりました」

そう言うと千時さんはシートベルトを外し同じように外へ出た。そのまま運転手さんの方へ歩いていく。その姿が横切った瞬間、道の向こうに猿がいた。

「え……」

一瞬何がなんだかわからなかった。でも毛むくじゃらの大柄な男性のようなシルエットに私は思わず猿だと思ってしまう。瞬きを何度かしているともう猿はいない。どこかへ隠れた？　もしくは気のせい？　でも何かまずい。そう考えると鳥肌が止まらなくなる。

「せ、千時さん！」

車の中からすぐ外にいる千時さんへ声を掛ける。伝えないといけない。見間違いかもしれないけどすぐここから離れた方がいい気がする。

「千時さん!!」

今度はもっと大きな声を張った。でもまったく聞こえている様子はない。千時さんはずっと運転手さんと話している。背筋が凍る。何かがおかしい。早くここから逃げないとまずいという気持ちがどんどん強くなる。

「千時さん！　聞こえますか!?　早く移動しましょうよ！」

愛奈ちゃんを抱える手が自然と強くなる。もう怒鳴るくらいの声になっているのに全然聞こえている様子がない。なんで、どうして……。

「おねえちゃん……大丈夫？」

「……愛奈ちゃん」

そうだ。私がしっかりしないと。愛奈ちゃんの頭を撫でて私は身体を動かし近くの窓ガラスへ近づき手を叩く。ダンダンダンと強く叩き声を出すがやはり聞こえている様子はない。だったらと思い窓ガラスを開けようとドアにあるボタンを操作するが一向に動く気配がない。

「なんで開かないの!?　どうしよう、どうしよう」

私は必死だった。どうにかしてこの異常さを伝えたかった。だから――愛奈ちゃんにそこにいてねと一言伝え、私は扉を開けまた声を出す。今度は全力で声を上げる。でも聞こえていない。だったらと思い私は意を決して外へ出た。ドアを閉め、そして小走りで声を上げながら千時さんの元へ行く。

「千時さん！　早く移動しましょう！　何かありましたか!?」

「え、山城さん!?　どうしたんですか」

「どうしたって。だってずっと大声で話しかけてたのに気づいてくれないんですから。とにかく早く車に戻りましょう。何かずっと嫌な予感が――」

そう言って私は車の方へ振り返る。

そして見た。

後部座席に愛奈ちゃんと大きな猿のような化け物がいた。

いつのまに？　どうやって車の中に？　――いやそれよりも!!

「あ、愛奈ぁぁああ！！！！」

千時さんの悲鳴に近い声が上がり私と千時さんは一緒に動く。だがそれと同時にあの化け物は愛奈ちゃんと抱えそのまま身をひそめるように隠れる。すぐに後部座席の扉に近づいた私たちが見たのは無人の車内だった。

「そ、そんな。愛奈、愛奈！　あいなあああああ！！！！」

目の前が真っ白になる。絶叫を上げコンクリートに膝を落とす千時さん。私は茫然とする頭を必死に動かしスマホを操作した。

「勇実さん――助けて……」

◇

あの日。愛奈はおじいちゃんがどうなったのかわかんない。でも、その話をするとおとーちゃんが泣きそうな顔をする。それがとても悲しくてむねが苦しくなるからこのお話はしない方がいいんだと思った。お猿さんはどうしてか私を狙っているらしい。原因は分からない。でも、私が原因でおじいちゃんが酷い目にあったのなら、やっぱり私がお猿さんと一緒に行った方がいいのかな。でもそれをおとーちゃんに言ったら、初めてぶたれた。とてもほっぺが痛かったけど、それ以上におとーちゃんの泣き顔が本当に悲しそうで、私は自分で馬鹿なことをいっちゃったんだと思って、私も泣きながら謝った。

家から出ることも出来ない。少しだけ窮屈な生活が続く。でもおとーちゃんが一緒にいるから我慢できる。それより、おとーちゃんの顔に皺がどんどん増えて、時折、寝室から怒鳴り声が聞こえてくるのが怖い。きっと、愛奈を守るために色々がんばっているのだと思った。だったら、愛奈は愛奈が出来る事をやろうと自分の小さい掌を強く握る。愛奈もおとーちゃんの手伝いが出来るといいのだけど、子供の私ではそれが難しい。

ある日、おとーちゃんと外に出かけた。本当に久しぶりの外出で、車の移動もちょっとだけ楽しかった。そして、知らない人の家に入り、愛奈はそこで魔法使いに出会った。おとーちゃんは霊能力者だっていってたけど、多分あのおにーちゃんは魔法使いだと思う。だって、キラキラでピカピカでとても綺麗な魔法を見せてくれた。日曜日のアニメで放送している魔法少女フェアリーキュアも同じような魔法を使っていたのを覚えている。きっとこの人は魔法使いなんだと、とてもわくわくした。

今日は愛奈の家にお客さんが来る。魔法使いのおにーちゃんとおねえちゃんだ。何だか少し楽しみでわくわくする。先に魔法使いのおにーちゃんは愛奈の家に着いたみたいで何かしているらしい。だから愛奈たちはタクシーで家に向かっていた。でも急にタクシーが止まって何かおねえちゃんが叫んでいる。どうしたんだろうと思っていたけど、そこにいてと言われて愛奈はうんと頷いた。そうして車で待っていると――。

お猿さんに会った。

目の前が暗い。息が出来なくて苦しい。ここはどこ？　愛奈はどうなっちゃったの？　お猿さんに会ってからよく覚えていない。なんで、あそこにお猿さんがいるの？　なんで、私はこんなに苦しい思いをしているの？　なんで――。

愛奈はお山にいるの？

・・・・・・・・

目の前に大きなお猿さん。とても嬉しそうに口を大きく横に伸ばして笑っている。怖い、怖い。怖い。

お猿さんは口を大きく開け、私の顔に手を伸ばそうとして――。

「お前が猿の化け物か。とりあえず消えてくれないか」

私の顔が暖かい手に覆われて目隠しされた。でもこの声は覚えてる。魔法使いのおにーちゃんだ！

「愛奈ちゃん大丈夫かい？　まさかいきなり転移するなんて思わなかったよ。まったくマーキングしておいてよかった。ちゃんと追いついたからな」

「おにーちゃん！　ここってッ!?　それにあのお猿さん！」

慌てて何か言わないとと思ったけど、おにーちゃんは優しく私を抱きかかえてくれた。

「目を瞑っていなさい。大丈夫すぐ終わらせるからね」

そう言って大きな手で私の頭を撫でてくれる。その手の暖かさに安心しながら私は静かに頷いた。

◆

武人の自宅マンション周囲を結界で覆い、３人が到着するのを屋上で待っていた。この星の悪霊という存在に俺の魔法による結界がどの程度通じるかはわからない。だが攻撃魔法が通じるくらいだ。結界も効果はあるだろう。そう思っているとスマホに利奈から着信が入った。なんだろうかと思いつつ通話ボタンをタッチすると涙声で焦る声が聞こえる。

『勇実さん！　ご、ごめんなさい！　愛奈ちゃんが――愛奈ちゃんが!!』

利奈の話によるとこちらへ向かう途中、妙な異変が起き、少し愛奈ちゃんの傍を離れた瞬間を狙って例の猿の化け物が現れ愛奈ちゃんを攫ったらしい。

「利奈。連絡してくれてありがとう。大丈夫、ここからは俺に任せて。俺のスマホのＧＰＳで場所わかるよね」

『え？　はい大丈夫ですけど……』

「じゃ、今から愛奈ちゃんを助けに行きますので、車で迎えに来てください」

『え、え？　ちょっと待って、勇実さん!?』

急ぐため俺は通話を切り、愛奈ちゃんにマーキングしていた自分の魔力を探知した。場所は数十キロ以上離れた先だが、問題ない。自分の身体を光に変え、俺はマーキングされた場所まで光速で

移動を開始した。

着いた場所は山の中だ。木々が高く生い茂っており、随分とジメジメしている。目の前に愛奈がおり、その前に奴がいた。背の高さは俺と同じ程度だろうか、確かに猿のような顔をしているが、その眼球は黒く、口から赤い液体が流れている。奴は愛奈ちゃんに向かって手を伸ばそうとしているため、俺は割って入り、愛奈を保護した。

「お前が猿の化け物か。とりあえず消えてくれないか」

指パッチンをして、目の前の猿を20個以上の肉片に変える。もちろん、愛奈ちゃんの目は塞いでいるので、この光景は見せていない。

「愛奈ちゃん大丈夫かい？　まさかいきなり転移するなんて思わなかったよ。まったくマーキングしておいてよかった。ちゃんと追いついたからな」

「おにーちゃん！　ここってッ!?　それにあのお猿さん！」

お猿さんなんて可愛いものではない。こうして細切れにしたというのに、いつの間にかその肉片が消え去っている。

「目を瞑っていなさい。大丈夫すぐ終わらせるからね」

愛奈ちゃんを抱きかかえ、目の前を睨む。そこでは先ほど細切れにしたばかりの猿の化け物が、先ほどと寸分変わらない姿でこちらを睨んでいた。まぁ目が黒くてよくわからないのだが。

「お前、俺が怖くて逃げ回ってたくせに、自分のテリトリーに入ったら強気か？　道中を襲ったのも俺が近くにいないからだろう？　まったくここまでビビってるなんて思いもしなかったな。——

さてすぐに消滅させてやるぞ」

『――■■■■■■』

何か声にならない叫び声を上げている。だが、口から流れる血のような液体も、窪んだ眼孔も、相手に恐怖を与えるためなのか知らないが、本当に怖いものを教えてやろう。

「〝閃光の棘《フラッシュ・ニードル》〟」

黒体毛をすべて覆い尽くすほどの光の棘を奴の身体に発生させる。息をする隙間もないほどの高密度の光の棘。普通の魔物であれば一瞬で消滅するほどの力だ。

「……本当に面倒な奴だな」

俺の魔法の中に奴の気配がない。移動した？　俺の魔法領域から逃げるなんてあり得ない。ならば普通に逃げたのではなく、一度消滅して、この山で再生しているのか？　そういえば、こいつ山の神なんて言われてるんだっけ。

神ねぇ。

「はっ！　ちょうど神様を祓えるか試したいと思ってたんだ」

思い出すのはあの糞爺。正直今はそれほど恨んではいない。こっちの世界の方が楽しいからな。だが、試してみるのもいいだろう。

瞬間移動のように突然俺の後ろに出現した猿の攻撃を魔法で防ぐ。俺と猿の間にある光の壁を突破できず激高している猿を睨みつつ、魔法を放ち腕を吹き飛ばす。腕を無くした猿は後ろに後退するが、着地する前に俺の魔法をお見舞いする。

「〝閃光の斬撃《フラッシュ・ブレイド》〟」

今度は細く細かく切り刻む。ミンチになるレベルで切り裂き、俺はその場を愛奈を抱えたままジャンプした。俺がさっきまでいた場所。いつのまにかそこに大きな穴が空いている。なるほど、本当にこの山の中なら何でも出来るのか。

「愛奈ちゃん、ジェットコースターは得意？」

「え？　うん！　大好きだよ？」

「そうか、なら暫く飛んだり跳ねたりするけど、ちょっとしたアトラクションだと思って我慢してね」

「う、うん！」

またいつのまにか出てきた猿はその腕を異常に伸ばし、こちらを掴みかかろうとしてくる。それを縦に切り裂き、そのまま首を跳ねた。これはいちいち呪文を唱える暇はなさそうだ。殺したそばから復活し、すぐにこちらに向かって襲い掛かってくる。再生能力だけ見ればあの真祖のヴァンパイア以上だ。細切れになってもこうも簡単に復活しているのを見ると——。

「もしかして本体がどっかにあるやつか？」

それなら納得できる。いくらなんでもあそこまで肉体を破壊され瞬時に復活なんて考え難い。であれば、殺したそばからあの猿は新しい肉体を作っているのではないだろうか。ならば本体の場所は？

「まぁ探してみればいいか」

少しだけ力を籠め、魔力を放出する。この山一帯を覆うほどの魔力を展開し、何か異物がないか探った。ちなみに今回は演出用の光は出していない。流石に山が光ったら悪目立ちしてしまう。

「なるほど、なるほど。こりゃどうしたもんかな」

魔力を放ち、分かった事。この猿は、この山そのものだ。だから、この山の中であればあいつは無敵に近いのだろう。やろうと思えば出来なくはないが、流石に山を消滅させるわけにはいかない。ちょっとやり方を考える必要がありそうだ。

鞭のように唸る木の枝を交わし、魔法で邪魔なものは切断していく。根競べでもしようって事なのだろうか。だが、この程度のお遊びだったらいつまでだって続けられる。しかし、愛奈は別だ。人の腕で運ばれるというのは本人にも分からないストレスを与えてしまう。すぐにここから離れた方がいい。こいつを消滅させるのはその後だ。

どれ、試してみよう。

「〝閃光の槌《フラッシュ・トール》〟」

上空に光の魔力を収束する。それを更に圧縮すると、そのまま一条の光となり、落ちていく。光の太さは約1メートル。その光は螺旋状に回転し、山へ落ちた。

音はない。山崩れを考え、大きさも絞った。ただ、速度を重視し、威力を上げた、山に穴を開けるためだけの魔法。だが、効果は劇的だ。あれほどしつこく迫ってきていた猿が苦しみ、そして消えた。

「まだこの辺りに気配はあるようだが、それなりにダメージを与えたか」

その場を跳躍し、木々の葉が見えるほどの位置まで跳ぶ。ある程度上空に上がったタイミングで魔法を使い、光る板のような足場を生成する。そこで再度、自分の魔力を周囲に飛ばす。こっちへ来たときと同じように魔法で移動できればいいのだが、愛奈を抱えたままではそれも出来ない。だからこそ、迎えを寄越すように利奈に連絡をしている。まぁＧＰＳが正しく反応していることを祈るとしよう。

魔力に反応があった。武人に渡していた指輪の魔力だ。方向と大まかな場所はわかった。こちらに向かっているようだが、まだ随分距離がある。とりあえず、電話しよう。

「……利奈？　いま――」

『勇実さん!?　今どこですか!?　大丈夫なんですよね？　あ、ちょっと千時さんッ！　勝手に電話を――勇実さん！　愛奈は!?　無事なのですか!?』

「無事です。ほら愛奈ちゃん」

「おとーちゃん！　すごいの！　高い場所にいる！　後ね、何か光がばーっとなってね！」

あの状況で見てたのか。凄い子だな……。

「とりあえず、愛奈ちゃんは無事です。そちらに合流しますので、そのまま向かってください」

『はい、わかりました。勇実さんも気をつけて下さい！』

通話を切り、腕の中にいる愛奈を見る。こんな目にあったというのにあまり怖がった様子がない。強い子だ。だが、なんだ？　妙な気配を感じる。

「ねぇ愛奈ちゃん。何か変なもの持ってない？」

「え？　変なもの？　なんだろう。あ、これかな！」

ポケットをまさぐり1枚の紙を取り出した。なにやら知らない字が書かれている。お札ってやつじゃないのか？　これ。

「これは？」

「えーっとね。おとーちゃんが絶対に持ってなさいって言ってたの！」

愛奈から受け取った札を見つめる。事務所にいたときは分からなかったが今は違う。奴を直接見たからだ。だからこそ、間違いない。

この札にはあの化け物の猿と同じ気配を感じる。

もしや、というより間違いなくこれのせいであの猿に居場所がばれているだろう。これは、燃やした方がいいな。

「これは誰から？」

「うーんっとね、近くの神主さんから貰ったって言ってた様な気がするかな」

神主ねぇ……まぁ燃やしてしまおう。どう考えても碌な気配を感じない。俺は握った札に光魔法を一瞬だけ走らせる。すると、まるで火であぶられたかのように札は燃えて灰となった。

「すごーい！　魔法だ！」

「ッ!?　よ、よくわかったね」

あかん。ばれた。なぜだ……今まで誰にも魔法だってばれなかったのに！　まずい、インチキだってばれてしまう。どうにかしなければ――ッ！

「……ふぅ」

こうなっては仕方ない。子供相手にこんなことをしたくなかったんだがな。

懐からアレを出し、愛奈の目の前に取り出して見せた。それには小さな厚紙に金色のPちゃんという太った鳥が描かれている。

「？　おにーちゃん、これって……」

「ああ、この金のPちゃんあげるからさ、黙っててくれない？」

くそ、密かに集めていたエンゼルがっ！　だが、買収しなくてはッ！　これで口を割るような愚か者なぞおるまいて、ククク。

「……うんッ！　内緒にすればいいんだね！　わかったー！」

「ああ、頼んだよ。愛奈ちゃん」

くそ、子供に弱みを握られるとは……。

◇

明確な意思があったわけではない。ただ、そうしようと思っただけだ。そこに深い意味はない。ただ、そこで育ったモノをただ食べたい。血を肉を、魂を、感情を、それを取り込み、時代の環境へ合わせ適合していく。

ただ、そんなことを繰り返しおこなっていた。森の動植物の捕食は常だ。だが、時代が変わり、以前いた動物が消えていく。熊や猪、犬や猫、食べるのに困らなかったが、段々とその数は減っていった。植物を食べてもそこに求めているものはない。昆虫を食べてもそこに喜びはない。だから、動物をもっと育てないといけないと思った。

いつからだろう。人間という生き物がこの土地に住み始めた。他の動物に比べ数も多く、また魂の純度が他の生き物よりも圧倒的に高いのが素晴らしい。試しに目に付いた人間を捕まえ、食べた。泣き叫び、痛みを訴え、感情をここまで露にする動物は他にいない。すっかり、人間のとりこになった。

人間を育てよう。求めている食料が増えるように恵みを増やそう。病魔がはやらないようにこの辺りを自分の力で覆うとしよう。少しの手間で人間は増え、その質も上がっていく。素晴らしい、素晴らしい。

人間は多く食べる必要はない。それこそ、森の色が変わる頃に一人食べられれば十分だ。だが、何時からだろう。人間がこちらの存在に気づくようになってきた。

それからは楽だった。恵みを与えるだけで、人間から進んで同胞を差し出すようになったのだ。とても気分がよかった。人間はこちらを〝神〟と言い、崇めるようになってきた。食事以外で自分に力が増えていくという不思議な感覚に戸惑いはしたが、悪い気はしない。そのまま人間に恵みを与え続けようと思った。

時代が変化し、状況も変化した。以前であれば人間が自ら差し出していた贄がなくなったのだ。何故だと思った。初めて怒りを感じた。自分の中に芽生えた初めての感情に戸惑いながらも、それに身を任せてみようと思った。

失敗した。自分の初めての怒りという感情に身を任せた結果、がんばって育成していた人間の住処の一つを潰し、そこに住む人間も全員食べてしまった。失敗した、失敗した。せっかく育てていた人間を台無しにしてしまった。残った人間の住処はあと1つ。そこへの干渉は極力避けるようにし、今まで通り自分で調達する方法へ切り替えた。

また時代が変わった。山に住む人間の数は減った。まだ住んでいる人間もいるが、以前に比べれば魂が弱く、質が低い。それでも全滅させないように、大切に、大切に。大切に一人ずつ食べた。人間だけではなく、以前のように動物や昆虫なども食べ始めた。だが、味を覚えてしまった今の自分の身体では、それでは満足できない。

その中で変わった人間が現れた。その人間は自分と人間の間に立ち、こちらに差し出す人間を調整すると申し出た。それからは以前より数は減ったが、安定して人間が手に入るようになった。ただし、質が悪い。既に魂が消えかけているような存在ばかりだ。死にかけの人間、寿命が残り少ない人間でも、我慢してそれを食べるようにした。

人間だ。久しぶりに魂の質が高い人間が来た。我慢できず、すぐに攫おうとしたが、別の人間が邪魔をしてきた。擦り切れた魂を持つ人間なんてどうでもいい。それよりも目の前に、魂の鮮度が高い人間がいる。

食べたい、食べたい、食べたいッ！

逃げられた。自身の土地の外へ逃げられた。だが、目印がある。それを辿ればいい。あの人間もそう言っていた。

「山の神よ、貴方様への贄に印をつけております。どうか、どうか、お怒りを静めてくだされ、そして変わらぬ恵みをどうか、我らに」

力を消耗するが、もう我慢出来なかった。土地を離れ、目印を辿って進む。道中人間が多くいた。だが、今食べたいのはソレではない。違う、違う、違う。我慢した、我慢した。アレが食べたい、あの人間が食べたい。ただその気持ちだけが肥大化していく。


なんだあれは。初めて遭遇する存在に自身の力が大きく揺らいだのを感じた。あの人間が逃げた先、人間の建物の中にいる。ここであの人間を食べるわけにはいかない。自分の土地で食べなければ意味がない。だからこそ、出来るだけ身を潜め、道中、動物だけを食べて潜んでいた。だと、いうのに……なんなのだアレは。人間ではない、こんな力を持つ人間なんていやしない。あそこに近付けば間違いなく自身は消える。そんな確信があった。だが、諦めるという選択肢はない。だから厄介な奴がいない隙に上手く他の人間を誘い出しようやく本命を連れ出す事ができた。

ようやくだ。ようやく食事の時間だ。もう我慢できない。あぁ、ようやく――だというのにッ！

アレが邪魔をする！　なんなのだ⁉　人間の形をしたナニカだ！　不可思議な力で自分が切り裂かれるのを感じる。身体を走る不快な感情。これが〝痛み〟なのか？　自分の身体を作っては潰され、作っては切り刻まれ、作っては消される。確かに恐ろしい存在だ。だが、この土地であれば別だ。この場所は自分の力そのもの。いくら自分の身体を破壊しようと絶対に、絶対に、その人間を食べてやる。

だが、その願いも潰えた。空に集まる不可思議な光。それが地面に落ち、自分を、自分という存在を貫いた。

先ほどまでのような身体を切られる痛みと比べるまでもない、明らかに自身の存在が消えてしまうと思えるほどの嘗《かつ》てないほどの衝撃と恐怖。無理だ。もうアレにかかわらない方がいい。逃げよう。逃げよう。でも、どこへ？　自分はここから動けない。動く身体はあっても存在は移動できない。どうすればいい、なんでこうなった？

あいつだ。あの人間。いつも自分を神の調停者と名乗っていたあの人間。あいつのせいだ。あいつのせいで今こんなに苦しんでいる。

場所は分かる。あいつがいる場所はすぐに分かる。喰ってやる、喰ってやる、喰ってやる、喰ってやる。身体をあいつのいる場所で再構成する。こちらの存在に気づいた様子のあの人間は驚いた様子でこちらを見ている。

「なッ！　なぜ、貴方がここに……」

恐怖で顔が引きつっている。その感情の波がここちよい。ついついもっと味わいたくなってしまう。

「ま、まさか！　本当に大蓮寺に依頼できたのか⁉　あの守銭奴が満足するほどの金を積んだと⁉　馬鹿なッ！　か、神よ！　どうか怒りを静めたまえ、すぐに代わりの贄をッ！　だからどうか、私は、私だけはッ！　い、いやだ。死にたくない。私が死んだら、この村を管理する者がいなくなるのだぞ！　そうすればすぐにここに住む人々はいなくなる。それでいいのですか⁉　い、いやだぁぁああ！！！」

叫び声が心地良い。そうだ、感情が一番発露するこの瞬間に食べるのがもっとも美味いのだ。腕を千切り、腸《はらわた》を外に出し、泣き叫ぶ姿を見ながら久しぶりの食事をする。自分は馬鹿だ。いつから質にこだわってしまったのだろう。質が低ければ、こうして感情を煽ればいい。よし、今からでも人間の住処へ行って——。

「あちゃー遅かったか」

声が聞こえた。身体が震える、ゆっくりとその声のする方へ目を向けた。

——奴だ。

この辺りの人間とは違う変わった髪をした人間。大よそ人とは思えない膨大すぎる力をもったニンゲン。その姿を、力を感じただけでこちらが震えてしまうようなナニカ。

逃げた。自分の住処へ。どうすればいい、どうすればいい。どうすれば助かる？　どうすればアレは諦める？

「逃げられると思ってるのか？　生憎、俺は獲物を逃がしたことはない。あぁ例外もあったかな」

なんなのだ、アレはなんなのだッ！　なぜ追ってくる、何故放っておいてくれないッ！　こちらは一方的に人間を食べているわけではない。恵みを与えたッ！　食物も育ちやすくしたし、病魔が流行らないように人間に害を与えるものは遮断した。一方的な搾取ではないッ！　これは正当なッッ!!

「御託はいいんだ。お前がいると、依頼人が安心して眠れない。だから消えてくれ」

上空を見上げる。そこには先ほどのような光の集合体がある。だが、数が異常だ。数十、いや数百だろうか。たった一発の光であそこまでの恐怖を受けたのだ。アレが落ちてきたら、もうひとたまりも……。

「俺は敵対者には容赦しないんだ。それにこれでも元勇者だからな。一応人間を守るさ。知らない世界の人間であってもな」

光が降り注ぐ。いつか見た流星のように眩い光が雨のように落ちてきた。

あぁ、最後に人間をもっと食べたかった。

◆

「うん、もう大丈夫そうかな」

穴だらけの山の地面を見ながら俺は肩の力を抜いた。妙な気配はもう感じない。恐らくこの土地を支配していた存在が消えたのだろう。数日程度の戦闘は覚悟していたのだが、まさかあの程度の攻撃で沈むとは思っていなかった。一応土砂崩れなどは大丈夫だろう。木々の根を破壊しないように、攻撃した魔法はすべて厚さ数センチ程度しかない。土砂崩れの主な原因は木を伐採しすぎた結果、土を拘束するものがなくなり、移動してしまう現象だと漫画で読んだ気がする。まぁ誤った知識の可能性も十分にあるが、多分大丈夫だろう。後の事はそれこそ神のみぞ知るというやつだ。

「まぁ自称神は殺してしまったけどな」

しぶとかったが大したことはなかった。せいぜい無限湧きするオークっていうところだろうか。だが、お守り代わりに持たせていたメダルがまさかただのマーキング代わりにしかならないとはね。今後、そういうアイテムを作ったほうがいいのだろうか。もっとも、俺にそういう才能はないからなぁ。とりあえず、これで依頼完了だ。さっさと戻ってシャワーでも浴びるとしよう。

事務所兼自宅に魔法で移動し、シャワーを浴びる。本当に安定して水浴びが出来るというのは素晴らしいと思う。以前は川や湖を見つけ水浴びをしようと思っても、周囲の警戒をしなければならないし、魔物だって現れる。そのため水場を見つけても油断が出来ないのが冒険者の常という状態だった。まぁ俺の場合は襲ってくる魔物なんてそうそういなかったから安全だったけどね。

髪をタオルで拭き、スマホを見ると震えている。どうやら、利奈からの着信のようだ。

「利奈か。そっちは今どこだい？」

『こっちはもうすぐ事務所に着きます！　勇実さんはどうですか？　愛奈ちゃん預けてから急にまた行っちゃうからびっくりしましたよ』

「ああ、俺ももう事務所にいるから待ってるよ。そこで話そう」

『えぇ!?　いやほんとどうやって移動しているんです!?』

「ははは、まあ、気をつけてね」

そう言って通話を切った。

◇

愛奈と手を繋ぎ、勇実心霊相談所へ戻ってきた。玄関を開けると、勇実氏がソファーに座りこちらを待っていたようだ。本当に驚いた。愛奈を迎えに行ったとき、彼は間違いなくあの山に置いてきてしまったはずだ。いや、置いてきたというのは正しくない。彼は今回の元凶を片付けると行ってまた山へ向かったのだ。本当に勇敢な人だ。あの怪物相手に、向かっていくなど俺では到底できやしない。

「武人さん、そして愛奈ちゃん。お疲れ様でした。さぁ座ってください。疲れているところ悪いけど、利奈はお茶をお願いしてもいいかな」

「はい！」

そうして促されるように俺と愛奈はソファーに座った。自分の体重をソファーに沈め、改めて勇実さんの様子を見る。怪我などしている様子はない。結局その元凶というのはどうなったのだろうか。

「まず、結果からお話ししましょう。今回の依頼にありましたあの猿の化け物ですが、完全に祓いましたので、もうおふたりの前に現れることはないでしょう」

「ほ、本当ですかッ!?」

思わずソファーから立ち上がり、大声を出してしまう。すぐに冷静になり、謝罪してもう一度ソファーに座った。

「ええ、本当です。念入りに潰し――いや、祓ったのでもう現れないでしょう。ただあの山にはあまり近付かない方がいいでしょう。人間を喰う山の神という事でしたが、いなくなった結果、どういう影響が出るか分かりませんからね」

「では、他の山は？　実は近々愛奈が遠足で山に行く予定なんです」

思った以上にスピード解決したため、これなら愛奈の遠足に間に合うかもしれない。

「他の山ですか？　ええ。何も問題ありませんよ。俺から見ても愛奈ちゃんに特別な何かはありません。また同じようなことに巻き込まれる心配もないでしょう。ですが、念のため、お渡ししているお守りはそのままお持ちください。とはいえ、一度は愛奈ちゃんを危険な目に遭わせてしまい、申し訳ありませんでした」

「本当にごめんなさい」

いつのまにか利奈さんが勇実さんの後ろにおり、一緒に頭を下げている。確かに、娘はあの化け物に攫われた。だが、勇実さんが霊能力を使い、すぐに助けてくれたのだ。それに自分も近くにいながら何も出来なかったんだし責めるのはお門違いだろう。

「顔を上げてください。娘は無事だった。それだけで満足です。依頼料のお支払いはいつ頃までにすればよろしいですか？」

「そう言っていただけると助かります。依頼料ですが、可能であれば来週中にお振込みいただければと思います。もし何かお困りのことがあれば、また勇実心霊相談所をよろしくお願いします」

そう言って差し出された手に自身の右手を出し握手した。

「はい、本当にありがとうございました」

「おにーちゃん、ありがとー！」

隣に座る愛奈の頭を撫でる。久々に見る愛娘の笑顔だ。本当に嬉しい。

「あぁ、そうでした。一応伺っておきたかったのですが、愛奈ちゃんが持っていた札のことを武人さんはご存知でしたか？」

「札？　あぁ浅見さんから護符として預かっていたものですね。それがどうかされましたか？」

そう言うと勇実さんは険しい顔で何か考えごとをしている様子だ。でもそうだな、一応浅見さんにも解決したと連絡した方がいいだろうな。

「――その浅見さんという方ですが、どういった方なのですか？」

「ええっと、そうですね。浅見さんはオヤジの田舎にある神社の神主です。あの辺じゃ結構有名で、初詣とかもよく行くんですよ。そういう事もあり、あの化け物に襲われたときは最初に頼らせていただきました。それがどうかされましたか？」

「……これを言うのは大変心苦しいのですが、恐らく愛奈ちゃんがあそこまで執拗に狙われていた原因はその浅見という人でしょう」

「なッ！　そんな馬鹿な……」

浅見さんが？　どうしてだ。そもそも神社の神主がそんな事をするなんて考えられない。

「愛奈ちゃんが持っていた札ですが、僅かにあの猿と同じ気配を感じました。恐らくその札が発信機のようになり、そのため都会まであの猿は追ってこられたのでしょう。もしその札を渡した人物がいるとすれば、悪意がなかったとは考えにくい」

「そう、ですか……」

どうして、浅見さんは愛奈にそんなものを？　そうだ、そういえば電話で話したときも札を愛奈に持たせるように言っていた。そうすればあの化け物が襲うと知っていたから？　だとすれば、これは裏切りだ。決して許すことは——。

「ですが、その方も既に亡くなっております。ちょうど俺が駆けつけたときにはあの猿に襲われた後でした。もう亡くなった方です。ですから、もう忘れた方がいいでしょう。そういう意味もあり、あの場所にはもう近付かない方がいいと思います」

事務所を後にする。どうなるかと心労を重ねていたが、結果無事に終わったのだ。愛奈は五体満足で怪我もしていない。それどころか、魔法を見たんだといつも以上に元気な様子だ。

それにしても魔法か。勇実さんの霊能力を魔法と勘違いしているようだけど、本物っているんだな。そうだ、今後知り合いにこういった事で困っているやつがいれば紹介しよう。まるで魔法使いみたいな凄腕の霊能力者の存在を。

伝承霊

「いやーマジで、れーちゃんのお陰で肩ちょーかるいよ」

「そうかい、なら良かった」

先日、武人の依頼を終えて、振り込まれた３００万円を見て少し懐が暖かくなってきた。当然この金額は全額使えるわけではない。税金が引かれ、事務所の家賃が引かれ、水道光熱費なんかも引かれていく。まぁそれでもそこそこ良い金額は手元に残るのだが、無駄遣いはできないだろう。しかし漫画は無駄使いではない。

そう、無駄ではないのだ。

「れーちゃん、イケメンだしさ、今度お店きてよー！」

「ははは、じゃ今度遊びに行こうかな」

ちなみに今目の前にいるのは、新しいお客さんだ。名前はミサキといい、何やら男性客を楽しくもてなす場所で働いているそうだ。ちなみに依頼内容は非常に軽く、最近肩が重いという内容だった。気配を探るとこのミサキという子の肩に小さい霊がついていたため、祓う振りしてデコピンで退治した。その後、やたらカラフルな名刺も貰った。そこにはキャバクラと書いてある。知らない漫画喫茶のようだ。後で検索してみようかな。

「いやぁ、店に結構さ、憑いてる子多いから今度ここ紹介してもいい？」

「え？　そんなに多いの？」

「うん、ちょーおおいよ。アタシ霊感あるんだけど、結構いるんだよねぇ。一応塩撒いたり、YooTubeでお経の動画流したりして急場は凌いでいるんだけど、流石にねぇ？」

え？　そんな動画まであんのか、すげぇな。元の世界にネットが流行っていたら聖女の説法とか録画されて、垂れ流しされてたりすのだろうか。

「ふぅん、大変だね。まぁいつでも来てよ」

「ありがとー！　はい、これ謝礼」

そうして、鞄から財布を取り出し2万円を差し出してくる。流石にゴブリン以下の霊に20万も取れないから、適当に2万円と伝えた。どうやら納得してくれたようでその金額で快諾してくれたのだ。

最近はSNSで宣伝しているから割と依頼がくるようになった。当然いたずらの類や、本人の気のせいという場合も多くある。いたずらの場合は、基本無視。霊でも何でもない完全な気のせいというパターンの人には、知り合いの聖女御用達のハッタリ魔法を使ってそれっぽい雰囲気を作ると勝手に納得してくれた。そうして、お昼のピザの配達を待っていたときだ。

ピンポーン。

チャイムが鳴った。おぉピザかな。今日はいつも頼んでいるドミノンピザの宅配だ。いつもローテーションで回しているのだが、どの店も特徴が違い中々美味い。最近はピザを食べる、漫画を読む、というルーティーンで生活している。後は偶に依頼をこなす感じだ。

財布を取り出し、玄関へ行く。インターホンで玄関の前を映像で見れるのだが、よくわからないので使っていない。いつも利奈がいるときは使っているのだが、今日は予定があるため不在だ。まぁ俺くらいになれば扉の向こうの気配を察知するなど造作もない事だ。

相手は一人、気配から察するに素人だ。問題はない。そもそもインターホンは不審者を事前に察知するための代物なのだろう。ならば俺には不要だ。相手がどんな化け物であろうとも、容易に消し去ることだって可能なのだ。まぁ今回はピザの配達人だろうがね。

玄関まで移動し、鍵を開け、扉を開ける。

「こんにちは、勇実さん。事前の連絡もなく、来てしまい申し訳ありません。あ、こちらお勧めのコーヒー豆です」

田嶋ァァァ!?

なぜ、奴がここにいる。しかも、またコーヒーだと？　くそ、まさか今更、珠ハイツのガラスを割った請求に？　いや、報復か!?

まずい、どうすればいい。どうすれば俺は生き残れる？　また、あの闇と対峙するはめになるとは思ってもみなかった。おのれ、俺が光の元勇者だと知ってわざとやってないか!?

「あ、あぁ、田嶋さんですか、どうされましたか？」

精一杯のポーカーフェイスを作り、額から流れる汗を自然に拭う。言葉は上ずっていないだろうか。自然な表情を作れているだろうか。そんな事をばかりを考えていると、田嶋の後ろにまた人影が見えた。

えぇい誰だ!?　お隣さんなのか!?

そう思って見てみると、俺が待ちに待っていたピザの配達人だった。俺が何度も頼んでいるためだろう。アレは顔見知りの兄ちゃんだ。

「あ、勇実さん！　お待たせしました！」

「……おや、勇実さん、依頼人の方ですか？」

田嶋ァア、わざとか？

どう見てもピザの配達の兄ちゃんだろうが！　というか、君も空気読んでよ、何会話に混ざろうとしてんのよ。

「――あれは、俺がお昼に頼んでいた、ピザです。田嶋さん、お昼まだなら一緒にどうですか？」

「……あぁ、そうでしたか。――間が悪かったようで申し訳ないですね」

田嶋の顔は無表情のままだ。だが俺にはわかる。こいつ絶対心の中で笑ってやがる。くそ、やるな田嶋。俺に二度も土をつけるとは、魔王以上だぞ。

「……はぁ。とりあえず、田嶋さん。中にどうぞ。――えぇーっと1万円札でいいですか？」

田嶋を中に入れ、ピザの会計を済ませる。胃袋を刺激する最高の匂いを嗅ぎながら、手元のピザを泣く泣くキッチンへ置く。そして、リビングに先にいる田嶋の下へ移動した。さて、ここからは心を強く持たなくてはならない。どんな用件なんだ？　やはりガラス代の請求か？　言っておくが俺は払わんぞ。


「それで、田嶋さん。今日はどういう用件で？」

「ああ、その話の前に、よろしければこれを」

そう言って田嶋は手に持っている箱を差し出してきた。漆黒の闇、奈落の底、深淵より来るモノ。コーヒー豆だ。

おのれ、今その闇の果実を持ってくるとはッ！　嫌味か、貴様ッ!?　この事務所でコーヒーを飲むのは利奈だけだ。まぁ流石にブラックではなく、ミルクなどを入れて多少甘くして飲むのが好きなのだそうだが、それでも俺にはその好みがさっぱり分からない。紅茶の方が美味いと思うのだが、まぁその辺は人それぞれだろう。結論としてはそれぞれが自分の好きな物を飲むのが良いのだ。だというのに、この男は俺にコーヒーばかり勧めてくる。くそ、一度見栄を張った以上、後に引くことは出来ない。後でまたチョコボールを大量に食べて中和するしかないようだ。

「あ、ああ。ありがとうございます。以前いただいた豆も美味しかったので、楽しみです」

まぁ俺は飲んでないがな。

「それは良かった。――さて、アポなしで来たのは本当に申し訳ありませんでした。実はですね――」

ソファーに座る田嶋がいつも以上に真剣な様子でこうつぶやいた。

「勇実さんに依頼をしたいのです。ただ、少々厄介な話でして……」

「――へぇ、それはそれは」

あの田嶋が厄介だと言うのだ。正直興味がある。先日戦った猿も思ったより強くなかったからな。ちょっと退屈していた所だ。思わず笑みがこぼれそうなのをこらえる。

「詳しく聞かせて下さい」

「九条忠則《くじょうただのり》という人物をご存じですか?」

宅配で届いたピザをテーブルに置き、俺と田嶋の前には白い皿が置いてある。目の前にあるマルゲリータを一つ切り取り、少し丸めて口に運ぶ。焼けたチーズの匂いが鼻を抜け、そのまま胃袋を鷲掴みにされたような錯覚に陥る。

さすがに届いたピザをそのままにするわけにもいかず、一応田嶋にも食べるように勧めて目の前のピザに没頭しつつも田嶋の話を聞いていた。もっとも田嶋はここに来る前に昼食を済ませていたようで、目の前の皿には比較的小さくカットされたピザが一切れ乗っているだけだった。

「いや、知りませんね。田嶋さんの口から出たという事は不動産関係の人ですか?」

「ええ、そうです。この業界では名前を知らない人はいないであろうほどの資産家なのです。ちょうどこのマンションも彼の物なのですよ」

「そうなんですか」

おっと、大家だったか。全然知らなかったな。

「それで、その九条さんという方と田嶋さんのおっしゃっている依頼に何か関係があるんですよね?」

「はい、まさに依頼主はその九条氏からになります。今回九条氏の秘書の方から我々、各不動産会社に一斉に連絡があったんです」

「連絡?」

「はい、それは『優秀な霊能者の伝手がある人物がいれば至急連絡を』という内容でした」

それはまた随分とざっくりしている。探しているという事は分かるが、何故探しているのかがわからん。まぁ霊能者を探しているなら用件なんて限られるのだろうが……。

「少々分かりにくい内容ですね、もしやよくそういう話があるので？」

「いえ、こんな連絡が来たのは初めてです。――ですが、以前から噂は聞いていたのでこの連絡が回って来たときは、あぁそうかと思いました」

どういう意味だ？　その九条何某が霊能者を探しているという理由を噂で知っているという事なのか？

「その噂というのは？」

「数か月前から業界で流れていた噂話です。その噂は九条氏のご子息が霊に狙われているという信じがたい内容でした。最初聞いたときは誰もがただのデマだとしか思いませんでした。しかし、九条氏がご子息を溺愛しているのは有名だったので……」

「息子の身に何かあるのではと思い、九条さんは今回霊能者を集めようとしている。という事ですか？」

それならある程度さっきの意味も分かってくる。つまり、霊に狙われた息子を助けてくれる霊能者を探しているという事なのだろう。

「いや、違います。・・・・・・もういるのです。九条氏のご子息は霊に狙われていると吹聴し、そのまま九条氏に雇われた霊能者が――ね」

田嶋はコーヒーを飲んだ俺のように苦い顔をして目の前にあるピザに手を伸ばし、そのまま口に入れた。しかしどういう事だ。既に霊能者がいるのになぜさらに探す必要がある。というか、その言い回しだと――。

「もしや、霊に狙われているのは嘘であり、九条さんはその霊能者に騙されている、と？」

なるほど、それは確かに面倒だ。

「ふむ、話を整理しましょう。九条氏のご子息は霊に狙われている。そう指摘した霊能者がいた。そして溺愛している息子を守るためにその霊能者を九条さんは雇った。しかし田嶋さんはその九条さんのご子息が霊に狙われているというのは嘘であり、ただその霊能者に騙されていると考えている。という事ですね？」

「ええ、業界内ではそう考えられています」

だが、それはおかしい。やはり最初の話と食い違いが起きている。

「だがそれでは、九条さんの秘書が優秀な霊能者を探しているというのはおかしくないですか？」

そうだ。田嶋の話をまとめると、霊はおらずただその霊能者に騙されているだけ。しかし、九条の秘書が優秀な霊能者を探しているという。いかんな混乱してきたぞ。

「申し訳ありません、勇実さんには業界内での情報をある程度共有しておきたかったのです。先ほどまで話したのは業界内でささやかれている噂話になります。あの資産家である九条忠則は溺愛する息子を餌にされ、質の悪い霊能者に詐欺にあっている、とね。――ここからは私個人の見解です。数か月前に溺愛する息子を霊が狙っていると指摘された九条氏はそれを防ぐために霊能者を雇った。そして、その霊能者は確かにご子息を霊から守っているそうです。伝手を頼り色々探ってみましたが、どうやら明らかに超常現象と思われる事がご子息の近くで起きているという事でした」

という事は嘘で騙されているという噂話は真実ではないという事か。

「私も、あり得ないとされていた非日常的な現象を目の当たりにしていますからね。嘘の噂だと決めつけるのもどうかと思って調べてみました。そうしたらどうやら本当に霊に狙われているようなのです。そして、面倒なのはここからです。どうやら九条氏はその霊能者がいつまで経っても問題の霊を除霊することが出来ないことにしびれを切らし、新しい霊能者を雇おうとしているそうです」

つまり秘書が探しているという話はここに繋がるのか。

「つまり、田嶋さんは俺に、その九条さんの息子を狙っている霊を祓って欲しいという事ですね？」

「そうです。しかし、それだけではない事態が予想されます」

「……というと？」

「どうもこの話はどこか胡散臭いのです。恐らく霊は本物でしょう、しかしその霊能者がどうも怪しい。恐らくですが……」

そう言葉を少し詰まらせる田嶋を見て、俺もなんとなく察しがついた。そういえば以前も似たような話を酒場で聞いたな。護衛任務の際に護衛対象者と信頼関係を築くために、自分で雇った盗賊に自分を襲わせた馬鹿な男の話。自分で雇った盗賊を自分で切り捨て、護衛対象者であった貴族と縁を結び、そのまま専属冒険者にまでなって安定した収入を得るようになったとかそういう話だった気がする。よほど演技が上手い冒険者だったのだろう、そのまま演者になった方が出世したんじゃないかと、話を聞いたときは思ったものだ。

「つまり、自作自演。マッチポンプってやつですか……？」

「――正直に言いまして私はそう考えています。勇実さんに可能でしょうか。偽霊能者の嘘を暴き、霊を除霊する事が」

正直難しい。そもそも俺自身が偽霊能者なのだ。だが、それはそれで面白そうな話でもある。少々退屈してたし受けてみよう。

「ええ、お任せ下さい。偽霊能者の方はどうなるか分かりませんが、少なくともその霊は容易く祓ってみせましょう」

「ありがとうございます。こちら依頼人である九条氏の詳しい資料です」

鞄から取り出したクリアファイルから、数枚の書類を受け取り目を通す。九条忠則の情報は先ほど田嶋から聞いた話から大きく変わらない。注目するべきはこの雇ったという霊能者の方だろう。

「――区座里《くざり》光琳《こうりん》、ですか」

「知っていらっしゃいますか？」

俺が呟いた言葉に、田嶋は目を光らせ俺に質問してくる。いや、知らないっす。全然知らないっす。そもそも霊能者の知り合いなんていないです。

「いえ、聞いたことない名前ですね」

「そうですか、勇実さんが知らないのであればやはり怪しいと見るべきなのでしょう」

いや、いやいやいやいや！　俺が知らない＝モグリの霊能者みたいな解釈やめてくれない!?　普通に知らないだけだからね？　くそ、話をそらしたほうがいいのだろうか。そう思い２枚目の紙に目を通し、少し俺は目を見開いた。

「……大蓮寺京滋郎？　なぜここに名前が……」

この名前は流石に知っている。それは以前の依頼人である千時武人が俺よりも前に依頼しようとして、高額請求されたため辞退したという霊能者の名前だったからだ。武人はこのことをかなり根に持っているようで、以前はかなり愚痴をこぼしていたため、俺も名前を覚えてしまっている。

「さすが勇実さんですね。そうです、この大蓮寺氏は九条氏が現在依頼を持ちかけている霊能者なのです」

「ん、既に依頼を持ちかけている霊能者……ですか？」

どういう意味だ？　最初に雇っているというのは区座里という人物だったはずだ。

「今回の依頼は複数の霊能者に声が掛けられているのです。私が調べた所では、既にこの大蓮寺氏に大金を積み依頼が成立しているという事でした。ですが、子を溺愛している九条氏は万全を期すために複数の霊能者を探しているのです」

つまり、これはこういう事か？

「今回の依頼は俺とその大蓮寺の二人で行うという事ですか？」

「少々違います。現在決まっているのは大蓮寺氏のみ、残りの人選は現在探しているという状態です。その他に追加の人員が増えるか不明ですが、恐らく他に有名な霊能者も参加するやもしれません。まあ、私としては勇実さんだけで事足りると思っておりますがね」

気になっていたのだが、田嶋の俺に対する妙な信頼感はどこから来ているのだろうか。だが、俺は騙されんぞ。絶対、ガラスの修理代は払わないからなッ！

暑い日ざしを感じながら俺は電車に乗り、九条という男がいる別荘へ向かっていた。現在彼は霊の手から逃れるために、所持する別荘に避難し立て篭もっているそうだ。まぁ、田嶋の話ではその避難したという経緯も例の区座里という霊能者の指示らしい。なるほど、できるだけ人気がない場所へ誘導したという事なのだろう。

正直な話、今回の依頼は今までより少々難易度が高いように思う。ただ霊を祓う（魔法で消滅させる）だけではなく、その区座里という霊能者の嘘を暴く必要があるそうだ。もっとも、その辺りは大蓮寺という男に任せたほうが良いのではないかと田嶋は言っていた。何でも、この大蓮寺京滋郎という男はそれなりに有名であり、テレビ出演なんかも良くしているという事もあって業界での知名度も高いらしい。高額な依頼料を請求するという点以外では、それなりに有能な霊能者だそうで、そのためにこの大蓮寺の発言力というのは業界でも馬鹿にできないのだとか。

窓から流れる景色を見ながら、自動販売機で購入したコーラを口の中に流し込む。それにしても今回の場所は遠い。新幹線には初めて乗ったが、これが中々の速度だ。だが……。

「――気持ち悪い」

「あの――大丈夫ですか？」

「あ、ああ。悪いな」

酔った、やはり匂いが駄目だ。車ほどじゃないが、どうもこの独特の匂いが合わない。これなら走って向かった方がまだマシだった。最初は田嶋が車で連れて行くと言っていたのだが、それを全力で断った。そうしたら次に奴が提案してきたのが新幹線での移動だったのだ。初めて乗る乗り物という事で俺のワクワクが天元突破だったのは最初の話。新幹線に足を踏み入れた時点で悟ったね。

あ、これ車と同じ匂いじゃね？　ってさ。

タブレットで電子版の漫画を読もうと思ったが、それも長く続かなかった。字を目で追うと気持ち悪いのだ。この世界に来て初めて体験するこの酔うという感覚は苦手だ。前回は車で、今回は新幹線で。だから俺は思ったね。多分密閉空間の乗り物に俺は耐性がないってさ。そのため、飲むときにほのかに感じるコーラの匂いで何とかこの車両の匂いを誤魔化しているのだ。我ながら情けないが、吐瀉物を撒き散らすよりマシだろう。これが屋根もなく、外からの風がダイレクトに身体に当たるような仕組みならどれほど良かっただろうか。

あまりに心配する利奈には大人しく俺自身の乗り物酔いという弱さをゲロっている。最初は気持ち悪そうにしていたら、この新幹線に霊がいるのかと勘違いをしてしまったからだ。

「でもここまでひどいなんて。――やっぱり霊がいるんじゃや……」

「いや……うぇ」

くそ、否定する力もないぜ。

何とか匂いと格闘して何十分経過しただろうか。

「――なんだ？」

新幹線で匂いと格闘しているときに、妙な気配を感じる。断じて俺の嘔吐の気配ではない、この世界に来て良く対峙している気配。そう、霊の気配だ。何度か対峙して俺も気配を読めるようになっている。また成長してしまったようだ。ふふふ。

「少し歩いてくる。そこで待っていてくれ」

利奈にそう言うが返事がない。隣を見ると寝息を立てているようだ。なら邪魔はするまい。幸い利奈は窓側だから起こす心配もないだろう。

飲んでいたコーラのペットボトルを片手に席を立ち、車両の通路に立つ。平日のため比較的人も少ないが、多くの乗客たちは眠りについているようだ。だが、それに違和感を覚えた。ノートパソコンを触っている者、スマホをいじっていた者、何か本を読んでいた者、食事をしていた者、その全員が眠っている。立ち上がり自分がいる車両を見渡すが、全員が眠っている様子だ。

「変だな」

寝ている人がいるのはおかしいことではない。だが、食事中の弁当があるにも関わらずうつぶせで寝ている人や、隣に乗客がいるにも関わらず横に倒れて寝ている人がいるのは流石に変と言わざるを得ない。まるで、意図せず眠りに落ちてしまったかのように見えた。

手に持ったコーラを一口飲む。この僅かなコーラの匂いだけが俺の心のオアシスだ。俺はもう一度周囲を確認しつつ眠っている利奈に結界魔法をかける。念のための処置だ。

「――――行くか」

この調子では運転手もどうなっているか分からない。新幹線の仕組みは詳しくないが、流石に運転手不在で無事で済むという事は考えにくい。そのため、片手にコーラを持った状態で俺は気配が強い方向へ歩きだした。この新幹線にいる霊の気配はそうだな。

「まぁスライムレベルだな」

◇

新幹線を待つホームで私——生須牧菜《うぶすまきな》は新幹線が来るのを待っていた。それまでは事務所のトップである人物に電話をしている。

「待っていて下さい、必要な物は全て用意しましたので、これから新幹線に乗ってそちらに移動します」

『分かっておる、それよりあの区座里という男は思ったより曲者だ、牧菜も念の為、護符を身に付けておけ』

「お断りします。これ1枚数百万で依頼人に配ってる代物でしょう。経費でも落ちませんよ」

全くこの人は何を言っているのだろう。この護符は電話越しの男——大蓮寺の血を染み込ませた特別な物だ。効果は霊から守るのではなく、護符に封じるという代物であり、また一度使用すると護符に染み込ませた血が穢れるために同じ効果が望めないのだ。これ1枚作るだけで大蓮寺は自身の血を多く失い、いつも貧血状態にまでなっている。そんな護符を安易に使用するなんて出来る訳が無い。

『馬鹿を言うな牧菜、お前の身に何かあれば儂は……』

「貴方こそ馬鹿ですか」

『なッ!?　お前父親に向かって』

「馬鹿でしょう。自分の命を商品価値として高めているのに、自分の娘に対して甘やかしてどうするんですか」

『……ならば儂のポケットマネーから金を落として使え、いいな命令だ』

「はぁ……分かりました」

父である京慈郎の力は封じる事。特殊な生まれである父は幼い頃は霊に取り憑かれやすい子供だったらしい。父が言うには守人《もりびと》というらしく、霊を封じ、縛り、力を奪い、徐々に浄化するという特異体質なのだそうだ。そのため、弱い霊なら自分の血を使った護符を使えば封じる事は可能だが、強い霊の場合は自分の体に封じなければならない。そのため、1度の除霊の依頼で度々自身の命を削っている。父には度々、もうこの仕事は辞めるように言っているのだが、何故か頑なに『自分の命の価値を示すため』と言って続けようとしている。そのため私はマネージャーとして父の依頼を管理するようになった。父の手には負えない強力な霊はわざと依頼料を高額に請求し、父の目に止まる前に依頼自体を無かったことにしたりしている。もちろんそういった依頼をしてくる人には大変申し訳ないと思う。だが、私も家族を守りたいのだ。

だというのに、今回の依頼人である九条は面倒であった。吹っかけた金額を更に上回る依頼料を提示してきたのだ。これは流石に父に報告せざるを得なかった。父は自分の命の価値を分かっていると九条を褒めていたが、あの依頼はかなり厄介だ。霊感が弱い私でもわかる。

恐らく父の手には負えない。だから、私は行動した。九条にさりげなく、他にも霊能者がいれば万全だと言った。息子を溺愛している九条夫妻を誘導するのは本当に簡単だ。だが追加で来た人員はどれも父の名を借りてこれを機に名を広めようとしている無能者ばかりだ。当然父もそれが分かったらしく、新しく来た霊能者は全員面談してからお帰り頂いた。

もう少し粘りたかった。最後に来る予定の勇実という男と面談してから現場に行くように言ったのに、依頼主である九条が痺れを切らしたために父は先に現地入りしている。私は念入りに準備を行うために遅れての出発にしたのだが——。

新幹線に乗りグリーン車の椅子に座る。

ノートパソコンを使い、例の人物——区座里光琳について調べる。国内での活動は目撃されていない。少なくとも日本で活動していた人物ではないようだ。

(では、海外で？　いやそう決めつけるのはまだ危険よね)

そう考えていたときだ。突如急激な眠気が私に襲い掛かった。瞼が重く、意識が朦朧とする。自分の脳が眠れと命令しているかのような抗えない力。咄嗟にスーツのポケットに忍ばせていた護符を取り自分の額に押し付ける。

「ツく……」

針を刺すような痛みが襲った後に、あれ程襲いかかっていた眠気が消えた。護符を見ると赤い護符が僅かに黒くなっている。

何が起きているのかわからず混乱する。間違いなく霊の仕業だろう。しかし何故唐突に？　とても自然に発生した霊の仕業だとは思えない。であればこれは——人為的に起こっている？　ここまで規模の大きな事象を起こすなんて、まさか……。

席を立ち護符を握りながら、鞄からもう1枚の護符を取る。何が起きてるか分からない。だが、周囲を見ると皆眠っており、どこか苦しそうにしている。まるで悪夢を見ているかのように。

「急いで原因を——ッ!?」

後ろの自動ドアが開いた。この状況で動いている人間がいる？　真っ先に思いつくのはこの件の犯人だった。警戒しながらも咄嗟に後ろを振り返る。するとそこには、コーラをラッパ飲みしている銀髪の外国人がいた。

◆

霊の気配を感じる方へ進む。俺がいた車両もそうだったが、先へ進むとどの車両に乗っている人も全員が眠りに落ちている様子だ。

自動ドアが開いた次の空間に足を踏み入れ俺は驚いた。

そこは他の車両に比べ明らかに違っていた。車両の中の色もそうだが、何より椅子が一つ一つデカイのだ。一瞬貴族用の車両なのかと思ったが、この国には貴族制度はなかったはず。という事は恐らくここに座っている奴らは何か社会的にステータスが高いのだろう。見るからに上等なつくりの車両を見て俺はそう確信した。いつか俺もこの車両に座ってみたいものだと思ったが、相変わらず匂いがキツイので、やっぱりやめようと思った。

そうして、次の車両へ進んだときだ。起きている人間がいた。こちらを見て警戒しているのだろうが、何故か右手に変な紙キレを持っていた。

「……貴方は何者ですか？」

ふむ、どうしたものかな。そう問いたい気持ちは分かる。彼女がそう聞かなければ俺が聞いていた。この異常な状況で起きている人間は今のところ俺以外いなかったのだ。だが、馬鹿正直に霊能者っぽいことをしていると言って通じるだろうか。

いや、通じない。様々な書物を読んだが、総じて霊能者とは理解される職業ではないのは共通であった。とりま、あれを使うとしよう。

必殺、質問反しの術だ。

「そういう君こそ、何者だい？　今、ここで起きていることを理解した上での質問なのか？」

「理解していますよ。乗客が全員眠っているという事も、そしてこんな状況でピンピンしている怪しい人物が私の目の前にいるという事も、ね」

なに？　こやつ、俺を犯人だと思ってやがるのか？　その言葉通りなら怪しいのはお互い様だろうが！

というかだ。

「この事態の犯人と思われる存在はここにはいない。恐らく先頭車両ではないかな」

「え？」

きょとんとした顔をしている謎の女。というかその陰陽師が使いそうな札を仕舞え。それ絶対敵とかに投げるタイプの代物だよね？

「俺はその元凶を始末しに行きます。邪魔をしないでいただきたいね」

「――まさか、貴方は霊能力者なの？」

「ッ!?」

どうしてそういう結論になるかな!?　普通は、よく分からん怪しい科学で作ったガス的な代物って思うんじゃないの？　大体テロ物とか読むとそういう都合の良いアイテムを使っている印象なんだが……。

「なるほど、君はまさか……」

よくわからんが、それっぽいことを言っておこう。大丈夫、最近学んだのだが、人間は勝手に解釈する生き物なのだ。

「ええ、驚きました。まさか貴方も霊能者だったと」

って同業者かいッ!!　そりゃ霊の仕業って分かるか。それにしても霊能者って結構いっぱいいるもんなんだな。

「私の名前は生須牧菜と言います。よろしければお名前を聞いても？」

「勇実礼士です。なるほど、あの生須か」

まぁ知らんけど。

「ご存知なんですか？　生須の名前は表に出ていないはずなのですが……」

え？　そうなの？　どうしよう適当言い過ぎたな。そう考えていると牧菜という女が何か納得したように話し始めた。

「……驚きました。まさか、あの勇実さんという事もそうですが、そこまでの情報収集能力をお持ちだったとは――」

「え、ええ。まぁね。……ん、というか俺の事も知っているのかい？」

「それはもちろん知っています。ですが、これは幸運に恵まれました。まさかこの後仕事を一緒にする可能性がある方とここで出会えるとは思いませんでした」

え、え？　どういうこと？　いや待て。そうだ。確か他に霊能者が結構いるんじゃないかって話だったはずか。

ならこの牧菜という女はどこの所属の人なんだ？　ひとりで納得してないで説明してくれ、マジでわからん。くそ、会話の中からヒントを見つけなければ……。この世界にも冒険者のようなタグを用意すべきなんじゃないだろうか。

◇

私の目の前を歩いている男性、勇実礼土。まさか外国人だとは思わなかったわ。でも、調べた実績は本物だった。恐らく日本に来て日が浅いため実績が足りないだけなのでしょう。

調べた所、九条氏が所有している珠ハイツの地縛霊、そして私が危険だと判断し断った千時武人の案件も彼が父に代わり行った。地縛霊は兎も角、あの山に住み神と称えられた土地の悪霊はたちが悪い。間違いなく父が祓っていれば短くて半年、長ければ数年は昏睡状態になっていたはず。それをたった数日で解決している。間違いなく力は本物ね。彼を紹介していた田嶋彰が強く推薦していた気持ちも、彼を目の前にすれば分かる。オーラというべきか、霊力というべきか。とにかく、潜在的な力が圧倒的だわ。

そしてそれだけではない。彼は私の苗字を知っているといった。つまり、表向き大蓮寺京滋郎と名乗っている父の名前だけではなく、恐らく娘である私の事を事前に調べたのでしょうね。こちらも特に徹底して隠蔽しているわけではないけど、仕事をする相手の事を徹底的に調べるという姿勢には感服したわ。父にも見習わせたいものね。恐らく、いや、間違いなく彼は知っているのでしょう。私が大蓮寺京滋郎の娘であり、これから一緒に九条夫妻の案件に当たる仕事仲間だという事を。

実際に現場に出るのは父だけど、私も彼がどういう手段で霊を祓うのかを見ておきたいわ。流派はどこか、何か道具を使うのか、除霊の方法など、知りたいことは山ほどある。でも、不躾に聞く事はできない。同じ職業だからこそ、立ち入って聞いてはならないラインがあるの。

ただ、それでも気になる。なぜ――。

なぜ、彼はずっとコーラを持っているのかしら。

最初は何か変わった聖水なのかと思ったけど炭酸特有の泡が見える。恐らく、というより間違いなくコーラだと思うわ。なぜそれをずっと持っているのかしら。それともアレは普通のコーラではない？

時折彼は独り言のように「匂いが」と言っている。恐らく霊の反応なのだろう。中には匂いで判別する人もいると父から聞いた事がある。それなら説明もつく。彼が常に右手で鼻を覆っているのは霊から発する悪臭に対する拒絶反応のようなものなのでしょうね。

先頭車両へ続く扉を開いた。ここまでくれば私でも分かる。何かいる。いや、これは――。

『まもなく、電車が来ます。その電車に乗るとあなたは恐い目に遇いますよ～』

先頭車両に足を踏み入れた瞬間だ。車両の中にアナウンスが流れた。通常、新幹線の中の音声は女性の声だったはず。それが今はどこか無機質な男性の声になっていた。それに内容も意味が分からない。既に新幹線の中だと言うのに電車？　いや、それよりも今のアナウンスの内容にどこか聞き覚えがあるような……。

「ふむ」

勇実さんは立ち止まり、またコーラを一口飲んでいる。その背中はとても落ち着いている様子でとても頼もしいわ。

「勇実さん、気をつけて下さい、何か異様な気配が強くなりました」

「ええ、分かっています」

するとまた違うアナウンスが流れる。

『次は活けづくり～活けづくりです』

すると、先頭車両の奥、そして先ほど通った後ろの車両から小さな小人が続々とこちらに迫ってきていた。それぞれの小人には小さな刃物があり、それを両手に持ってこちらに向かって走ってきている。小人たちは両手に持っている刃を合わせ、金属が削れるような音を奏でている。まるでこちらの恐怖を煽っているかのように。背筋に冷たい汗が流れ、握っている護符を強く握り締める。

「やっぱりスライム以下だな――〝閃光の棘《フラッシュ・ニードル》〟」

そんな声が勇実さんから聞こえた瞬間。勇実さんを中心に眩い光が発光した。そして、光が収まったと思った瞬間に、こちらに向かってきていた小人たちは光に包まれ消えていく。

「す、すごい……」

驚いた。ここまで強力な霊能力を私は見た事がない。たった一言。そう、たった一言何か呪文？のようなものを唱えた瞬間に奇跡が起きた。何の道具も使わず、ただ指を鳴らしただけだ。

『次はえぐり出し～えぐり出しです』

またアナウンスが流れ、同じように小人が出現する。今度は刃物ではなく、スプーンのような物を持っている。アレで小人たちが何をしようとしているのかを理解して、この段階で私はようやく確信を持つ。ありえないと思った、だが現実に今こうして目の前でその現象が起きている。

「これは……まさか〝猿夢〟？」

◆

俺は目の前に迫り来る謎の小人を見て考える。殆ど手ごたえはない。所詮はゴブリンレベルだな。スライムの方がよっぽど怖いわ。何故かこの世界の書物ではスライムは弱いとされているが、実際は違う。奴らは基本洞窟に生息しており、殆ど天井などに張り付いている。そして入ってきた魔物の顔などに落ちて張り付くのだ。ほぼ液体に近いスライムは呼吸器官に容赦なく進入し窒息させる。また、奴らの体液自体が消化液の役割も補っているため、何の用意もなく直接スライムに触れれば皮膚も肉も爛れ骨しか残らないのだ。まったく、厄介な魔物だ。それを考えればこの程度、物の数ではない。そう思っていたとき後ろで、付いて来ていた牧菜が何かぽつりと呟いた。

「これは……まさか〝猿夢〟？」

猿夢？　なんぞそれ。この日本特有の童話だろうか。桃太郎に金太郎、結構その辺りの童話を題材にした漫画も多くあるのだ。日本人の想像力には本当に驚かされる。流石にここで知ったかぶっても、後で自分の首を絞めそうだし、目の前の小人を滅ぼしてから素直に聞くとしようかな。指パッチンをしてからの魔法という一連のカッコいい動作を行い、何故かスプーンを握っている小人を光の魔法で攻撃した。それにしても、あのスプーンで何をしようとしていたのだろうか。

「申し訳ない、その猿夢とは？」

「え、ええ。そうですね。勇実さんが知らないのも無理はないかと。猿夢というのはネット掲示板で流行ったいわゆる架空の怪談なのです。このように小人が出てきて無抵抗な主人公を殺そうとしてくるという話なのですが、今起きている現象はまさにそれに酷似しています」

猿夢。

主人公はある日夢を見る。それは、目の前にある電車に乗ると怖い夢を見るという内容だそうだ。そしてその主人公は、意識して夢から覚められるという技術を持っているために、あえてその電車に乗った。どんなに怖い目に遭ってもすぐに目覚めればいいと思ったのだという。そうして悪夢が始まる。凶器を持った小人たちが乗客たちを残虐に殺害していくのだとか。問題なのはこの物語の主人公はこの悪夢から目覚めても、まだ悪夢は終わらなかったという点だ。物語では3度目に夢を見るときには主人公は逃げられず小人に殺されるという事を暗示して話は終わるという事だ。牧菜の話を簡単に纏めるとそういう話らしい。

それにしてもネット掲示板の怖い話とはね。ネットには漫画だけではなく、怪談まで作る人がいるのか。本当に日本は変わっていて面白いな。

「それにしても、なぜその猿夢と思われる現象が今目の前で起きているんでしょうね」

「……そうですね。恐らくですが、勇実さんが感じたという霊と無関係という事はないと思います。ただ……」

「ただ？」

何か考えがあるのだろうが、随分と牧菜は言いにくそうにしている。それにしても悪夢の怪談か。道理で寝ている乗客たちが汗を流しうなされているわけだ。恐らく同じ小人に襲われているのだろう。

「変なんです。猿夢とは有名な怪談ですが、現実に起きる話ではなく、夢で起きる怪談です。――これは〝怪異〟かもしれません。勇実さんもそう思いませんか？」

「……え、ええ。ちょうど俺もそう考えていました」

知らねぇぇぇぇぇぇ！！！！　え？　何それ？　常識なの？　いや、待て！　怪異って確か漫画で聞いた事あるぞ。さりげなくだ。さりげなく、調べるんだ。そう、この世界には便利な検索アイテムがある。スマホってやつがね。

「気をつけて下さい、勇実さん。この怪談は次の〝挽肉〟で最後のはずです。その後は語られていません。これがもし猿夢を象った怪異であるならば、その後何が起きるかなんて……」

そう考えると、小人の攻撃が止まっているのが気になるな。２回目の攻撃があってから随分間があいている。まぁ、相手の攻撃を待つ必要なんてない。利奈もいるんだ、あまり俺を舐めるなよ。

両手を前に合わせる。掌がぶつかる乾いた音が響き、牧菜が目を見開いてこちらの様子を伺っているようだが一旦は無視。身体の中から魔力を練り上げる。自分の心臓から血管を通して身体中へ回る魔力をさらに増量し外へ流す。

「ツキャ!?」

俺を中心に金色の粒子が舞い、突風と共に車両を駆け抜け、俺の魔力が新幹線を覆う。新幹線全体を一瞬だけ光で満たし、俺が最初に感じていた霊の核のような存在を感知。新幹線の中に充満していたソレを光魔法で包み、光の粒子で包み込む。

「す、すごい。どうなってるんですか。まるで新幹線の中に大量の蛍がいるみたい……」

「これから祓うので少々お待ちを」

それにしてもこれだけの霊はどこから来たんだ？　それとも新幹線ってそういう乗り物なのだろうか。だとしたらもう乗らんぞ。っていうか、もう絶対乗らないがな。

さて、このまま滅却してしまいたいのだが、流石に数が多い。いつもならこのまま光を熱へ転換し燃やし尽くすのだが、流石に被害が出る可能性がある。もう少し考えたい事があるのだが、生意気にも俺の魔法から逃げようとしている動きを見せているようだし、このまま光で押しつぶしてしまおう。

「――よし、これで祓ったな」

元凶と思われる存在を潰し、新幹線を覆っていた俺の魔力は霧散させた。周りを見ると、うなされていた乗客たちが少しずつ目を覚まし始めたようだ。

「す、すごいです。本当に驚きました。まさか視認出来るほどの力とは……」

「とりあえず、移動しましょう。流石にここにいるのは目立ちすぎる」

「……確かにそうですね」

何故か俺の顔を見て納得した様子の牧菜を連れて、一先ず牧菜と出会ったグリーン車のデッキまで移動した。移動の際、先頭を歩く牧菜の後ろでとりあえず甘い物が食べたいし、隠していたチョコを食べながら怪異という言葉の意味を調べたのは秘密だ。それにしてもチラチラ見てくるな。チヨコはやらんぞ！

◇

私は自分の腕を押さえている。鳥肌がまだ収まらないわ。さっき見た勇実さんの除霊は初めて見るものだった。どの流派なのか除霊を見れば分かると思ったけど、私の知るどの流派とも違っていた。恐らくは父である京慈郎と同じ独自に習得した力なのかもしれない。でも、あそこまではっきり見えるなんて思いもしなかったわ。まだ、あのとき。自分の身体を突き抜け何か温かい物が通った感覚が忘れられない。

後ろを付いてくる勇実さんの様子を見ると何か黒い丸薬のような物を口に入れている。恐らく何かの秘薬なのでしょうね。あれだけの力なんですもの、どれ程の消耗なのか想像も出来ないわ。涼しい顔をしているけど、商売敵である私に弱みを見せないようにしているのかもしれないわね。警戒されているのかと思うと共に、あれほどの力を持った人物に警戒するだけの力があると思われているのであれば気分も悪くないわ。今思うとずっと握って離さないあの飲み物もコーラではなく、何か独自に開発した薬品なのでしょうね。自分の霊力を底上げするような力があるのかもしれない。気になるけどこれ以上の深掘りは危険だし、まずは友好な関係を築くように努力しなくちゃね。

◆

「……恐らくですが、あの猿夢は――私を狙った怪異だと思っています」

牧菜さんが少し思いつめた様子で話し始めた。

「……牧菜さんを？」

「はい、あくまで仮定の話ではありますが……」

「たった一人を狙うためにそれ以外の無関係な人を、全員巻き添えにしたという事ですか？」

「――はい、勇実さんは九条さんの依頼を受けるために彼の所持している別荘へ向かっている。そうですよね？」

「ええ、そうです」

そのせいで俺は新幹線という乗り物に乗っているわけだからだ。乗り物自体は良いんだが、どうも相性が悪いのがなぁ。

「私の父である大蓮寺京慈郎は既に現地に向かっています。ですが、思ったより九条さんのご子息である太陽《たいよう》君に憑いた霊が厄介だったため、私は父の命令で一度事務所に戻っていました。事前に作っていた護符の回収と、強力な霊を祓うための装備を持ち込むためです」

ほうそんな凄い装備を用意してきたのか。だが、それを使っている様子がないのを見ると、彼女では使用できないのか。それとも使用者が限られているのか。そういえば、俺のいた世界にも特定の人物しか装備出来ない武具とかあったな。

「装備ですか……もしや犯人はそれを狙って？」

「いえ、というよりは私の持っている物を、私の父に渡すのを恐れているのではないかと思います。ちょうど新幹線に乗る前に父にも言われたんです。区座里という霊能者はかなり曲者だと」

「ふむ、その区座里という霊能者は、大蓮寺さんの手元に護符などの装備品が来るのを嫌がったという事ですか？」

随分飛躍した想像のように思う。持ち込む予定の装備とやらが、どれ程の品なのかさっぱり分からないが。もし牧菜の言う通りであれば装備を持ち込むのを防ぐために牧菜を殺そうとした、という事になる。確かにあの様子だと運転手含め全員が悪夢の中だっただろう。

となれば、どうなるか。加速した新幹線は自動でブレーキがかかるものなのか？　駅には止まるのか？　恐らくは違う。何かしらの補助する機械はあるのだろうが、そこまで完全に自動だとも思いにくい。つまり、表向きには新幹線の事故に見せかけて殺すつもりだったという事になる。そこまでやるだろうか。

「他にもあるんです。証拠……という程のものではありませんが、今回の怪異は――その似ているんです」

「似ている？」

「はい、父から聞いた九条太陽君に取り憑いている霊の雰囲気と……」

似ているねぇ。あの猿夢って怪異現象が九条という男の元に発生しているのか？

「父はネットに詳しくありません。だからあの霊は初めて見たと言っていました。ですが区座里光琳はそれを知っていると言っていた。それがどうもおかしいと思ってしまいます」

その今回の依頼にあった霊っていうのはネットに関係するのか？　インターネットに住む霊という事だろうか、もうよくわからんな。何に怨念を抱いているのだろうか。やはり好きな漫画が読めず死んだ事なのかもしれない。もし自分が好きな作品が完結する前に死んだとしたら、きっと強い未練が残るだろう。案外、今回の霊もそんな漫画好きの霊なのかもしれないな。

「区座里は言っていたんです。この伝承霊《でんしょうれい》を祓う事は出来ないって」

「……伝承霊？」

「はい、ネットに怖い話、怪談話などが多くあると先ほど説明いたしましたよね？　それは1、2個というレベルではなく、それこそ、20、30と、いやもっと多いでしょう。それほどまでに多くの人に読まれ、知られ、認知された怪談が多くあります。あの〝猿夢〟もその一つです。区座里光琳が言うには多くの人の思いが寄り塊《よかたま》り、なかったはずの偶像に魂が宿る。昔の日本にあった鬼や天狗などと同じもう立派な怪異に至る土台がこの国では出来上がっていると言っていました。そのため、区座里光琳はネットなどで作られた創作話である怪談が実際に発生する現象、それらを総じて伝承霊と呼んでいるそうです」

なるほど、猿夢も伝承霊の一つ。であれば、新幹線での先ほどの出来事も同様という事だ。しかし、そう考えるとまた違った問題が出てくるな。

「これは父と私の考えですが、区座里光琳はその伝承霊を作った張本人。もしくはそれらを操る術を持っている術者ではないか。そう考えています。もっとも他の霊能者の方まで同じ考えかはわかりませんが」

ん。他の霊能者？　そういえばそこそこな人数の霊能者が呼ばれているって言ってたっけ。

「牧菜さん。俺はあまり情報を多く持っていないのですが、大蓮寺さん以外、他に誰が来ているのですか？」

「え、ああそうですね。1人は私の父大蓮寺です。それに加えてあと2人が参加しています。鶴摩《つるま》公尚《こうしょう》、そして三珠芳江《みたまよしえ》という霊能者です」

うーん。やっぱり知らん。後でスマホで調べてみよ。

「そのふたりも今回の伝承霊というやつは知らない……という事ですかね」

「はい……そのようです」

「……なるほどね。そうなると息子さんに憑いている霊がどういう伝承を持っているか気になる所ですね」

「それなら……父から聞いた話から考えると正体の検討はついています。身の丈八尺もの巨体。白・

い衣装を着た巨大な女。恐らくですが――」

真剣な表情でこちらを見ながらその名を告げた。

「……八尺様と呼ばれる怪異かと思っています」


暑い日差しに歓迎されながら駅から外に出た。あの一件があったせいか妙に長く乗っていた気がする。やはり帰りは走りか？　いや利奈もいるから無理か。

「利奈、体調は大丈夫かい？」

「はい。ただ……すごい怖い夢を見て……すみません。足を引っ張ってしまって」

「大丈夫だよ。今は出来るだけリラックスしておこう」

襲われた影響なんだろう。利奈はあの猿に攻撃される寸前だったらしい。どこか少し虚ろ気な利奈の頭を撫でていると、何故か当たり前のように牧菜が隣にいる。

なぜお前さんがここにいるのだ？

そんな目で見つめていると少し顔を赤くした牧菜がゴホンと言いながら駅のロータリーに止まっているタクシーを捕まえている。

「行先は一緒なんです。一緒に行きましょう」

「あの……勇実さん。この方は……？」

「あ――今回の仕事仲間になる人の娘さんらしい」

「へぇ。一緒の新幹線に乗っていたんですね。――――あの、勇実さん、その……そう、飲み物！　飲み物買ってきます！」

「え!?　ちょッ!?」

近くの自動販売機に走っていく利奈。何か悩んでいる様子だったが……。

「……どうしたもんかね」

しばらく待っていると利奈が紅茶を買ってきた。最近好きで飲んでいるミルクティーだ。

「ありがとう」

「いえ、これくらいしか……出来ないですし……」

なんて声を掛ければいいのか迷う。多分足を引っ張っていると感じているのだろう。役割が違うんだ、大丈夫と言えばいいのか。……いやそれで悩みが消えるだろうか。利奈は何か役に立とうと考えている。それなのに何もしなくていいなんて言っていいのか？　だめだ。戦いばかりしていた俺じゃ、こういう誰かを導くような話はできない。自分に対するため息を我慢し目の前の悪魔の箱《タクシー》に乗るとすぐに窓を開ける。

流れる景色を見ながら、俺は1つ確信を得た。俺は成長していると――。車は窓を開け、香りのある飲み物とチョコボールがあれば短い時間なら何とか耐えられる。それが分かったのだ。以前の田嶋と乗った車ほど恐ろしい状態にはなっていない。迫り来る嘔吐感と戦わなくて良いのだ。

それがどれだけ素晴らしいか俺の横に座っている牧菜には分からないだろう。なぜか俺と同じ紅茶を買い、それを不思議そうに見ている君にはね。しかし、なぜ買ったのにジロジロ紅茶を見てるんだ？　意味がまったくわからんが何かの儀式なのか？

「あの……何か？」

「いえ、お気になさらさず……先ほども何か食べていましたが、何か特別なものなのでしょうか」

何かぼそぼそ言っている。何か怖い。

「あ、そうです。一応父には既に連絡しています。現場に着きましたら念のため勇実さんならご理解いただけていると思うのですが、お願いしたいことがあります」

「――お願いですか？」

「はい」

なんや、お願いって。いかにもわかってますよね、って雰囲気だすのやめてくれない？　何もわかってないよ。今も外の空気を吸うのに精一杯なんだからさ。

「……私が、大蓮寺京慈郎の娘だと言わないでほしいのです。勇実さんもご存じの通り私は表向き父の秘書兼お手伝いという立場で現場に同行しています。通常であればそこまで神経質になる必要はないのですが、今回は霊だけが相手ではないと思いますので念のためです」

まぁ確かにさっきも新幹線の猿夢は自分を狙っている犯行だと思うと言っていたしな。事実かどうかは別として、実際に不可思議な怪異は発生している。であれば牧菜がここに到着するという事を不都合に考えている人物がいるという事なのだろう。

「父は娘である私には甘いのです。万が一にでもそれを弱みとして知られたくありません。私もその装備を渡したらすぐに帰るように言われています。九条さんに憑いている霊は中々に厄介なようで、手元の装備では祓うのが難しいようでした」

「それで、必要な物を牧菜さんが持ってきたと？」

「はい」

元の世界のゴーストは何度も倒してきた。それこそ上位のリッチやエルダーリッチも屠ってきている。だが、ここ日本の霊は力こそ強くないが何か魔力でもない不可思議な力を持っている。漫画によれば怨念というモノの強さが霊の強さに直結している。この辺りは以前の世界と違う点だろう。俺のいた世界では、恨みや無念を残して死んだ人間は放置すれば魔物となる。だが、思いの強さで魔物になってからの強さが変わるわけじゃない。

死んだ場所の魔力の強さで変わるのだ。そのためどれだけ強い思いを残して死亡しても、町の近くの平原などであれば、ただのゾンビにしかなりえない。だが、例えば。そう――魔力濃度の濃い迷宮などで死亡した場合は、高確率で強力な魔物に変貌する。だが、魔力のないこの世界ではそれがない。つまり、人の思いというやつが霊の位階を上げるのだ。

「ええ、大丈夫ですよ」

「ありがとうございます。私のことを名前でずっと呼んでいるのも、生須という苗字を知られないためですよね？」

「え、ええ。もちろんですよ」

「はぇ。流石勇実さんです。じゃ私も牧菜さんって呼ばせて頂きますね！」

いや……そこまで深く考えてないんだが……。

しばらく酔いと格闘しつつ利奈や牧菜の話を受け流していると大きな屋敷が見えてきた。ゆっくりブレーキが踏まれタクシーが静止する。ああようやく外に出れる。マジで車の対策を考えた方がいい気がする。

「着きましたね。ここが……」

利奈はどこか緊張している様子だ。まあそれも無理はないだろう。前の猿の一件でもそうだったが自分からこうして現場へ足を踏み入れるのは不安があるのは理解できる。それにしても……。

「どうなってるんだ……こりゃ……」

俺は目の前の異様な屋敷を見て頭を掻いた。

3階建ての屋敷だ。向こうの世界の貴族の別荘みたいに随分立派な建物。だが……玄関に置かれている地蔵のような置物が2体。さらにその上に注連縄《しめなわ》のようなものが飾ってあり、妙な札が張り付けてある。さらに屋敷の周囲にも珍妙ともいえる置物が数多く置かれているのだ。

「勇実さん。これはすべて区座里が用意させた魔除けの道具です。古今東西の呪符や呪具なんかもあり、屋敷の周囲だけではなく屋敷の内部にさえ至る所に配置されていると聞いています」

「それは全部……」

「はい。息子さんに憑いている霊を追い払うためです」

馬鹿げている。そう言いたくなる気持ちもあるが、それだけ息子が心配なのだろう。愛されているという事だ。

「では入りましょう」

そう言うと牧菜がインターホンを押した。この屋敷に似つかわしくない電子音が流れ、しばらくすると向こう側から高齢の男性の声が聞こえる。

『はい』

「お世話になっております。私、大蓮寺の秘書をしている者ですが」

『ああ。先生の。ちなみに後ろの方々は？』

後ろ。つまり俺達の姿が見えているという事か。そう思って視線を上にあげると防犯カメラが2台設置されている。多分ここだけじゃなく色んな所に設置されているんだろう。

「初めまして。私は田嶋不動産からの紹介で参りました勇実礼士と申します。後ろにいるのは助手の山城です」

「は、初めまして！　よろしくお願いします！」

『そうですか。いやよく来てくれました。田嶋君からは凄腕だと聞いています。さあ入ってください』

そう言うとカチっと音が鳴る。恐らく施錠されていた玄関が開いたのだろう。

開いた玄関を潜ると中はまた随分と異様な光景となっていた。壁中に張られた札。何かの形を模した像。まるで博物館のように飾られた魔よけの品たちは年代も場所もすべてバラバラであり、まるで色々な色を混ぜた斑《まだら》模様のようだ。

「ようこそ、いらっしゃいました。私が九条忠則と申します。生須さん、大蓮寺さんはこの廊下の先にある広間におりますよ」

出てきた初老の男。なるほど彼が依頼人か。

「わかりました。では勇実さん、それに山城さん。また後程」

「はい」

「わかりました」

示された方向へ牧奈が1人歩いていく。それを見送ったのちに九条はまた俺たちの方へ向き直った。

「さて。勇実さん。改めて本当によくきて下さいました。今回お呼びした霊能者の中で……失礼ですが一番実績を聞いたことがなく、色々伝手を使い調べさせて頂いた」

実績か。自分の大切な息子が霊に憑りつかれ、あまつさえまだ祓えていない。そんな中でインチキ霊能者を雇う訳にはいかないんだ。そりゃ調べるだろう。

「私が調べた限りで分かったのは2件。田嶋君の不動産の一件と放送作家である千時さんの一件の2つだけ」

む、こりゃだめな感じかな。実際霊能者活動を始めたのはここ最近の話だ。他にどんな経歴を持った霊能者がいるか分からないが新米も同然。流石にちと厳しかったか。

同じ事を感じたのか後ろにいる利奈が俺のスーツの裾を掴んでいるのを感じる。わざわざ来てトンボ返りするくらいなら初めに断ってほしかった気もするが仕方ないか。

そう思っていると九条はゆっくり頭を下げた。

「そのうちの1つ。千時さんの件は聞けばあの大蓮寺さんでさえ手を焼く案件だったと聞きます。経歴が浅く、他の雇った霊能者の方からはやめておけと言われましたが、私はあなたの力を信じます。どうか、どうか私の息子を助けてやってください。他の人の前では中々言える話ではなかったもので変な誤解を与えたようで申し訳ない」

その姿を見て俺は自然と九条さんの腕に触れた。

「こちらこそ全力を尽くします。任せてください。必ず祓って差し上げましょう」

「ありがとうございます。では勇実さん、行きましょう」

九条さんに続くように廊下を歩く。先ほど牧奈が進んだ方向と一緒のようだ。長い廊下を歩く。やはりここにも奇妙な置物やお札が多く張られている。

「ずっと気になっていたのですがこの札たちは？」

「ああ。これらは区座里さんが用意したものです。これらのお陰でなんとか悪霊が屋敷に侵入する事を防いでいます。ただ段々力が強くなっていると聞いており、もう彼だけに頼るのは厳しいと判断しました。そのため……」

「他の霊能者を雇ったと」

「はい。大蓮寺さんは既にここへきて3日ほど。他の霊能者の方は本日の朝に到着しています。まずは顔合わせをして頂ければと」

「わかりました」

「緊張しますね、勇実さん」

「大丈夫だよ」

そう言いながら利奈の頭を撫でる。この屋敷に来てから随分ソワソワしている。緊張から？　いや何か別のものを感じているのかもしれない。俺はまだこの世界の悪霊と呼ばれる存在と出会った数が少ないためか、気配を感じる事がまだ出来ていない。せめて姿を現してくれればいいんだが。

そう考えながら九条さんの後ろを歩いていると開きかけの扉があり、中から人の気配がする。数は4人。恐らく件の霊能者たちだろう。だが数が合わない。区座里を含めれば霊能者の数は俺を含め5人のはずだ。あの部屋の中の1人は先ほど会った牧奈の気配。なら他3名が霊能者という事になる。ここにはいない？　もう少し気配を探ってみると2階の部屋に2人ほど人の気配がする。この小さい感じから考えて1人は子供だろう。ならこの気配が例の息子の太陽という少年か。じゃ、近くにいるのは九条さんの妻という所かな。

「お待たせしました」

九条さんがそう言いながら扉を潜り部屋の中へ入る。それに続くように俺と利奈は中へ入った。大体10人くらいが座れそうな椅子とテーブルが並んでいる。恐らく元々食事をする場所として作られたのだろう。大きな窓ガラスから本来は日が差すのだろうが今はカーテンが閉められている。蛍光灯の明かりだけで照らされているのだが、それでも妙に暗い印象がぬぐいきれない。そしてこの部屋も変わらず妙な魔よけの像やインテリアが飾られており、その部屋に彼らはいた。

「そのにぃちゃんが最後の1人なんかい？　九条さん。それにしてもなんだ、モデルか何かか？　くくく」

年齢は恐らく50代程度。スキンヘッドに少しくたびれた感じの和服を着崩している。手にはセンスを持っておりパタパタと扇ぎながらこちらを嘲笑するような目で見ている。

「鶴摩さん。あまりそういった態度は控えて頂きたい。ここにいる皆はすべて等しく私が呼んだ方です」

「それは俺とそのにぃちゃんが同じだって言いたいのかよ。おいおい、勘弁してほしいねぇ。……ん。なんだ随分別嬪さんもいるじゃねぇかよ。ほらこっちこいよ。サインやるから」

鶴摩と呼ばれた男は俺の後ろにいる利奈を見るなり随分いやらしい顔で手招きをしている。それが嫌だったのだろう。利奈は無言で俺の後ろへ隠れた。……仕方ないか。

「初めまして。勇実と申します。鶴摩さんは霊能者の方なのでしょうか？」

「あ？　なんだお前。俺の事を知らねぇのかよ」

「え、有名な方なのですか。知らなかったなぁ。すみません、あちらの大蓮寺さんと三珠さんは知っているのですが、鶴摩という名前は聞いたことが……あ、もしかして最近売り出された方だったり――」

ドンッと大きな音がなる。鶴摩が拳を握りテーブルを叩いた音だ。そして間髪入れず懐から何かを取り出し俺へ向かって投げた。銀色の小さな箱のようなもの。漫画で見たことがある。あれはライターという火をつける道具だったか。狙いは俺の頭部。避けてもいいが何かにぶつかって弁償なんてまっぴらごめんだ。

俺の顔面へ向かって投げられるライターを左手の人差し指と中指で摘まむ。まさか俺が受け止めると思わなかったのだろう。その様子に全員が驚いていた。予想通り随分短気な性格のようだ。この男が鶴摩だと分かれば残りメンバーの名前は単純に割り出せる。無名に近い俺の生意気な態度が随分気に入らないらしい。とはいえ釘は刺させてもらう。

「あぶないなぁ。俺は日本に来て日が浅いんだけど、これが挨拶なのかい？」

そう言いながら手元にあるライターを持って鶴摩の元へ行く。そして軽く力を入れて手中にあるライターを変形させ、それを鶴摩へ渡す。返されたライターが歪に変形しているのを見て驚愕した様子の鶴摩。俺はそのまま鶴摩の肩に手を置き耳元でささやいた。

「次、俺の助手に声を掛けてみろ。同じことをしてやろうか」

「ッ!!　て、てめぇ……」

脂汗を垂らしながら俺から距離を取る鶴摩。脅しはこの程度でいいか。でも近づけさせない方がいいだろうな。

「そこまでにせんか。依頼人の前だぞ」

そう言葉を出したのはもうひとりの男。大柄で綺麗に和服を着こなしているが顔が少し悪人面だ。俺の予想だと彼が噂の大蓮寺という霊能者のはず。というか横に牧奈がいるから間違いない。

「失礼しました」

俺はそう言って頭を下げ、部屋のすみへ利奈と移動する。

「あの、勇実さん……」

そうどこか心配そうな利奈の頭を撫でる。

「心配しないでいい。出来るだけ俺の傍にいるんだよ」

「は、はい！」

顔を赤くして、両手で握りこぶしを作りながらいい笑顔で返事をした。その様子を見ていた九条さんがゴホンと一度咳を出しもう一度周囲を見渡す。

「さて。いざこざはこれで終わりという事でよろしいですね。さっそく皆さまにはうちの息子、太陽に憑いている霊の除霊をお願いしたい。現状分かっている事を……そうですね、大蓮寺さんご説明頂けませんか」

「承知した」

一歩前に出た大蓮寺にその場にいる全員が注目する。ゆっくりこの場にいるメンバーを見渡し大蓮寺は説明を始めた。

「九条氏のご子息。太陽君に憑いている霊は身の丈約2メートルを超えた女の霊だ。儂も見たのは1度だけ。祓おうとしたがすぐにその場から消えてしまいそれ以降出現していない。これは普通の霊とは少々毛色が違うように思う。だがあの女の霊が太陽君に近づくと、太陽君の体力が減っていくのを確認しておる。恐らく生気を吸うタイプの霊のようだ」

「質問いいかしら」

そう言って手を上げたのは三珠という女性だ。

「なにかね」

「その女性の霊の声は聞こえましたか？」

ん。霊の声？　話せる霊なんているのか？

「そうか。三珠さんは霊魂の声が聞こえる霊聴の力に優れていましたね。儂には無い才能だ、だから聞こえませんでしたな」

「いえ。大蓮寺さん程であればそれ程強い霊なら何かしら声が聞こえるはずです。それなのに聞こえなかった、という事は……」

「普通の霊じゃないってか？」

そう言葉を続けたのは鶴摩だ。

「この場にいないってことは地縛霊じゃないだろ。霊力なんて感じねぇからな。だからって浮遊霊の類とも思えん。はっきり言うが俺は呪術の類だとみたね」

「呪術は鶴摩殿の専門だったかな」

「ひっひひ。まあ専門っちゃ専門だがな。俺はこの屋敷周辺に来たときにビンビン感じたね。呪いの気配だ」

「ですが呪いの場合、こうして人の形を取るものでしょうか」

「ありえますよ三珠さん。呪いってのは人の思いだ。だから人の形を取る事はよくある。確か女が息子さんに近づくと命を吸われているんだろ？　相当な恨みだ。恐らく九条さんに恨みを持つ者の犯行。これに間違いねぇな」

呪いか。漫画でしか知らない話だ。あれだろ。何か釘打つやつだろ。

「呪いですか。その場合どうすれば息子は助かるのです？」

「本当に呪いなら術者を何とかする必要があります。ただもっと簡単な方法がある。呪い返しってやつですわ」

「返せるのかね？」

「大蓮寺さんよぉ。俺は一応プロだぜ。呪うのも返すのも俺にかかれば楽勝だって。とりあえず、周囲を散策させて貰おうか。何か痕跡があるかもしれねぇ」

そう言うと鶴摩は立ち上がり扉の方へ向かう。その途中、鶴摩が俺の肩を叩いた。

「おう。てめぇ忘れんなよ」

「へ、何をです？」

「はっ。精々楽しんでおけや」

そう言うと本当にそのまま出ていった。

「仕方あるまい。儂は引き続き太陽君の傍にいる。牧菜お前もこい」

「は、はい」

大蓮寺と牧菜もそのまま部屋の外へ出ていった。この場に残ったのは俺と利奈、そして三珠という女性だけ。さて俺も動くとしますかね。

「利奈。俺も動くよ。一応ここにいてくれ。多分この屋敷の中の方が安全だろうし」

「あ、はい。わかりました！」

「あら。だったら私の手伝いをお願いしてもいいかしら」

「え……？」

そう言ったのは三珠だ。

「手伝い、え、私ですか？」

「そう。この建物に他に悪霊がいないか、本当に呪いなのか確認したいの。私は霊の話を聞くことはできるけどそこまで霊力が強くなくてね。見たところ利奈ちゃんは私より霊力が高いみたいだし手伝ってくれないかしら」

「え、えーっと」

困った顔で利奈がこちらを見ている。っていうか俺も判断に困るんだが。さてどうしたものか。

「あの、勇実さん。私、三珠さんのお手伝いをしてもいいでしょうか」

正直。意外だった。

「ずっとここまで来て、私は何も役に立つ事を出来ていません。だからといって何か勇実さんの手伝いが出来るのかずっと考えていますけど、やっぱり思いつきません。なら何か出来る事をやりたいんです！」

そうか。ここへついてきてこの子なりにずっと考えていたのか。ずっと何か手伝えることがないか考えていたんだね。なら——。

「そうか。わかったよ」

俺はそう言うと三珠さんの前まで行き、頭を下げた。

「どうか。よろしくお願いします」

「はい。お任せくださいな」

なら俺も出来る事をしよう。呪いってのは良く分からないがあの新幹線と同じなら俺でも対処は出来る。とりあえずは――。

「九条さん」

「はい、何でしょうか」

「区座里さんはどちらに？　この屋敷にはいないようですが」

まずは区座里。今回の主犯と予想される。一番に会っておきたい存在だ。だがこの屋敷にはいない。ならどこに？　一度会ってさえおけば位置なんてどうとでもなるんだが、見たことないやつの居場所を探るのは難しい。

「区座里……ですか。正直今の時点で彼を雇った事には後悔しているのです。彼の指示で色々準備し用意もしました。だが一向に太陽につきまとうあの霊を祓えない。……失礼しました。区座里ですが最後に会ったのは1週間前です。それからは一度もこちらへは顔を出していません。何度も連絡しているんですが連絡も繋がらなくて……」

「そうですか。何か写真はありますか？　それと彼が使っていた部屋とかあれば見てみたい」

彼、ね。つまり男か。だめだな。俺の探知魔法は性別の区別を付ける事はできない。やはり一度直接会わないと見つけるのは厳しいか。

「すまないが写真はないんです。だが使っていた部屋なら……。とはいえ荷物はなかったと思いますが――」

使っていた部屋か。なら一応見せてもらおうかな。案内された部屋へ行く途中、ゆっくり魔力を屋敷全体へ満たしていく。妙な気配がする物が多い。恐らく屋敷に置かれているあの置物や札などの物が反応しているようだ。つまり九条さんが区座里に言われて置かれたこれらの物はお飾りの偽物じゃない？　ではどういう効果があるのかまで俺にはわからない。出来れば壊したい所だが流石に難しいか。

「こちらです」

「失礼します」

案内された部屋は普通の部屋だった。ベッドがあり机や椅子がある普通の部屋。窓から見える風景は森であり特に変な雰囲気は感じない。部屋自体も同様で何も感じない。なんだったら、その他の部屋の方が変な雰囲気を出しているくらいだ。

「……ありがとうございます。どうやら本当に何もないようです」

「まあそうですね。本当にあの男はどこへ行ったのか。……もし連絡がつくようでしたらお教えした方がよろしいでしょうか？」

「はい。お願いします」

◇

部屋に戻った鶴摩は我慢の限界だった。すべてあの銀髪の外国人のせいだった。この狭い業界で鶴摩の名はそこまで有名ではない。だが知る人ぞ知る人物である。それはその呪術者としての確かな実力からであった。依頼されればどんな相手だって呪い、金さえ積まれれば相手の呪いを返すことだってする。そういうアングラな世界の鶴摩の事を知る人物は決して彼の恨みを買うような事はしない。いつその呪いがナイフのように身を刺すかわからないからだ。

今回の依頼を聞いたとき、鶴摩も当然区座里という存在に目を付ける。そしてマッチポンプのような形で金を巻き上げているのだろうという事も。だから九条へ、高額の依頼料と引き換えにその呪いを返せばいいと思った。ついでに自分とは対極の場所にいる大蓮寺に自分の力を見せたいという欲も少なからずあった。本来後ろ暗い稼業をしている鶴摩は目立つべきではない。だが虚栄心と自尊心の塊であった鶴摩にとって、自分の力を業界トップの力を持った男に誇示したい気持ちがどうしても消えなかったという理由もある。

だが実際はどうか。いざ顔合わせで集まれば見知らぬ素人同然の外国人がやって来た。霊力の欠片も感じないド素人。恐らくその綺麗な顔で依頼人を騙し、金を取る詐欺師の類だろうとあたりを付ける。その証拠に随分若い綺麗な娘を連れている。気に食わなかった。分からせてやろうと思った。そうして軽く絡んでみれば結果はどうだ。

恥をかいたのは鶴摩自身だった。

意味が分からない。金属のライターを曲げるその握力も、尋常ではないあの気配も。素人のはずなのにまるで巨大な獣のような気配を感じてしまった。

だから。鶴摩は自分のプライドについた泥を払おうと考えた。自分の得意分野で。

◆

九条さんと別れ俺は一度自分に振り分けられた部屋に荷物を置き、そのまま屋敷をゆっくり散策した。途中三珠さんと一緒に行動している利奈を見つけたが真剣な様子で何かをしている。邪魔をしちゃまずいだろう。俺はそう思い外へ出る。周囲が自然で囲まれているからだろうか。妙に懐かしい感じがする。もっとも俺がいた山はもっと殺伐として、こんなのどかな雰囲気ではなかったのだけど。

「だめだ。何やればいいか分からんくなった」

こういうときなんちゃって霊能者である俺は弱い。敵がいる。倒すというのは簡単だ。それこそドラゴンだろうが目の前にいるなら簡単に倒せる。だがこうやって見えない敵や陰謀みたいなのはどうも苦手だ。俺は頭を掻きながら一度自分の部屋へ戻る事にした。俺は廊下を歩き自分の部屋のドアノブに触れた。そのときだ。

「ん？」

俺の肌に何か触れた。黒い煙？　なんだこりゃ。

「ふむ……」

無視してドアを開く。先ほどまで何もなかった普通の部屋。だが今は違う。そう——黒い手が天井から生えている。

「これが八尺様……か？」

ドアを閉めそのまま部屋の中へ入り腕を組みながら手を見上げる。黒い腕はゆっくり伸びていく。ただ垂れていた腕が、近づいた俺の方へ伸びてきた。

「んー聞いてた話と違うな。なんじゃこれ」

とりあえずスマホで写真を撮る。だが写真に写っていないようだ。ふむ、心霊写真にはならないと。そうして観察していると伸びた腕がもう俺の目の前に来ている。俺はとりあえずその手に触れようと手を伸ばした。するとまるで蛇のように俺の腕に巻き付いていきなり伸びていき、一気に俺の首へ手が伸びていく。

「首を絞めようとしてる……んだよな」

俺の首を掴んだ手が一向に動かない。多分首を絞めようとしているんだ。ただ力が弱すぎて掴んでいるのかイマイチ分からない。そろそろ邪魔だし引っこ抜くか？

そう考えて伸びている腕を掴み、とりあえず潰して天井から引き抜いた。

「ぎゃあああああああ！！！」

悲鳴が聞こえた。この屋敷内からだ。この声は——確か鶴摩か？　悲鳴が聞こえたって事はそっちにも霊が出たのだろう。俺はいつのまにか霧散していた黒い手を無視して部屋を飛び出した。そのまま呻き声に変わった音の発生現へ向かう。すると同じように声を聴いたのだろう。大蓮寺と三珠がやってきた。互いに一瞬視線を合わせ俺達はすぐに同じ部屋へ行く。

「おい、鶴摩殿！　聞こえるか！　扉を開けなさい!!」

ドアを叩く大蓮寺と三珠。鍵が閉まっている？　中にいるところを襲われたのか。

「大蓮寺さん。少々妙です。この周囲に霊の気配がありません」

「だがあの叫び声だ。無視はできまい」

「なら俺が扉を開けましょう。——壊してよければ、ですが」

俺がそう発言すると少し胡散くさそうに俺を見た大蓮寺だったが、数度ドアノブを引き開かない事を確認するとこちらに向き直った。

「――儂から九条氏へ説明する。頼めるかね勇実殿」

「もちろん」

漫画ならカッコよく扉を破壊して中へ入るのだろう。甘い、ミルクティーより甘い。もっとスマートに俺なら壊せる。っていうか派手に壊して請求されるのが怖い。

俺は扉の前まで行きゆっくり手をドアの隙間に置く。そして魔法を使った。淡く光る俺の手に大蓮寺と三珠も驚きを隠せないようだ。俺はそのままゆっくり手を下へ滑らせた。

「どうぞ。開きました」

俺がしたことは簡単だ。ただドアを固定している鍵の部分だけを切断しただけだ。だがこの行動にも意味がある。新参者でイマイチ俺の扱いに困っているであろうふたりに俺の能力を見せておき、蚊帳の外にならないようにすることだ。はっきりいって霊の知識などが皆無の俺は魔法というズルをしないと、このふたりに並べない。

「待て。勇実殿。今のは――いや今はッ」

そうして勢いよくドアを開ける。そこには――――。

「が、があああああ!!　いてぇぇ、いてぇぇぇぇぇ」

膝を床につけ脂汗を掻きながら涙を流す鶴摩。そしてその姿は……右の二の腕が潰れ不自然に歪んでおり、血管が破裂したのだろう。おびただしい血が流れている。

「一体何が……!?」

「び、病院に、いや救急車を！」

三珠さんがそう言ってスマホを取り出そうとすると凄い形相をした鶴摩がそのスマホを叩き落とした。

「よ、余計な真似すんじゃねぇ！　くそ！　ゆるさねぇ！　ぜってぇゆるさねぇぞ!!」

これが八尺様の仕業か。取り憑き命を吸い取るタイプと聞いていたがこうまで直接的な攻撃をしてくるとは驚いた。だがなぜだろう。鶴摩はずっと俺を睨んでいるような気がする。

「鶴摩殿。何があった。まさか例の女の悪霊か？　だがその割に霊の気配は感じないが……」

「なんでもねぇ！　さっさとこの部屋から出ていけ！」

「そうもいかないでしょう。せめて治療をしましょう」

強い痛みのせいだろう。足が震えている。鶴摩はゆっくり立ち上がりこちらを見ながら叫んだ。

「黙れ！　これ以上俺に恥をかかせ――ッ!?」

鶴摩がそう言った瞬間だった。

そこに女がいた。鶴摩のすぐ後ろの窓。その窓一面に女の顔がある。ここは2階だ。それなのにこのサイズ感。どう考えてもおかしい。まさかアレが？

「奴か！」

大蓮寺がそう叫んだ瞬間、窓を破り巨大な手が伸びていく。そしてそのまま鶴摩を掴み攫っていった。俺はそれを見て魔力を放ち利奈の無事を確認する。利奈には俺の魔力が付着している。攻撃を受けている気配はない。仮に何かしら攻撃を受けても俺の魔力をがそれを防いでくれるはずだ。なら俺は奴を追いかけるべきだ。

そう思い足を踏み出した瞬間、静止の声がかかった。

「待て。奴は儂が追う。勇実殿は太陽君の護衛をお願いしたい！　その力を見込んでだ！」

「俺ですか……？」

「そうだ。細かい話をしている時間はない。だがお主の力は毛色が違えど本物だ。だがそれで奴が祓えるかはわからん。故に護衛を！」

どうする？　アレを祓うだけなら俺の方がいい。だがそれをどう説明する？　キャリアは向こうが上。信頼も上。実績も上。……だめだ、大人しく任せておくか。

「了解。すぐ向かいます」

「頼むぞ。三珠殿は周囲の警戒を」

「わかりました」

◇

重い身体を酷使して走る。この歳になってこの運動は身体に響く。だがこの一件は儂の最後の仕事になるやもしれない。出し惜しみをする必要もなし。娘の牧菜に持ち込ませた儂の血が染みこんだ札に肋骨の骨を摘出し粉末にした粉。それらを懐に入れ強い霊力の元へ急ぐ。外は既に墨をぶちまけたような闇夜。こうした場所に人工的な明かりは少なく月明りでかろうじて先が見える程度だ。

「はあ、はあ」

八尺様。インターネットで流行した怪談話。それが具現化した存在。奴は……区座里はそれを伝承霊と呼んでいた。普通の霊ではない。儂の、守人という特殊体質である儂の身体はそれ自体が霊を閉じ込める檻だ。弱い霊なら血を振りかければその血に吸収され消えていく。この屋敷に来て一度目の遭遇時、儂は確かに奴に血を浴びせた。そして血を浴びた女の霊は確かに消えた。

そう消えたのだ。霊力も、その残滓さえ消えた。

拍子抜けだった。この程度かと思った。だが違った。その僅か2日後にもう一度奴は現れた。それで確信した。これは普通の霊ではない。だから一度だけあった奴の言葉が気になり調べた。もし、本当にもしインターネットという電子の海に流れる怪談話が現実となるナニカだとすれば儂の知識にないものだ。

八尺様。ただの霊ではない。鶴摩殿はこれを呪いだと言った。なら術者がいるはず。やはり区座里か？　だが奴から八尺様の気配を感じなかった。なら別、呪具？　いやだとすれば――。

「ぽ、ぽぽぽぽ」

「ッ！」

数メートル先、見覚えのある人の姿がある。あれは鶴摩殿の足か？

「鶴摩殿！　大丈夫……」

そう言葉にしかけ、もう1人の気配に気づいた。

「お久しぶりですねぇ。大蓮寺さん」

金髪にサングラス、十字架のピアスに人を喰ったような笑み。佇まい、雰囲気すべてが偽りとしか思えない男。

「区座里光琳!!」

「いやだなぁ。なんでそんなに激高しているんですか」

「どうして貴様がそこにいる？　いやその後ろの霊……やはり貴様が原因か！」

「はは！　やっぱり狸おやじだなぁ。最初から僕を疑ってたでしょうに」

腹をくねらせ笑う区座里。その後ろに巨大な女の霊が静かにこちらを見ている。

「さてさて。僕もね、暇じゃぁないんですよ。本当は撤退しようと思ってたんです。目的も達成しましたし、いつまでもここにいても、ねぇ？　ただ……ふふ、くくく、あはははは！」

虚構を塗りたくったような男が笑う。

「彼！　彼彼彼!!　いい。実にいい！　まったくどこの誰なんです!?　いやね。本当は彼を釣れないかなって思ったんですよ！　ああ、遭いたい。アレは本当に人なんですかねぇ」

彼だと？　誰の事だ？　そう考えながら懐に手を伸ばす。

「じくじくとまるで脳に針がささったみたいなんです。刺さった棘が脳を掻きまわすようにうごめく。まるで虫みたいに！　アレは八尺様より強く作ったんですよぉ。子供を脅かす程度の精度しかない八尺様と比べ猿夢は確実に殺せるように作った！　なのに——ああ、こうも簡単に……くく、ははは!!　痛いなぁ。痛いなぁ。適当に入れた義眼がまるで本物のように今も痛む！」

そう言うと区座里がどこから取り出したのか、小さな瓶が手の中にある。そこには——裂けた眼球が入っている。まるでナイフで綺麗に裂かれたかのような切り口の眼球。それをまるで宝石のように宝物のように見つめている。そして奴は確かに言った。自分が作ったと。ならやる事は決まった。

「だからね。もういいんです。本当はここで彼と会えればよかったんですが、大蓮寺さんが来るなんてねぇ。せっかくですしこのままこの子に相手して貰ってください。僕は彼に会いに行きますのでねぇ」

そう言うとスキップでもするかのようにその場から離れていく。

「逃がすとでも！」

「僕の事は忘れてくださいよぉ。ほら、愛を囁くならそちらへ、ね」

そう言った瞬間、目の前に巨大な女の手が迫る。慌てて後ろへ飛び下がり手に持った血が染みこんだ札を投げる。札が女の霊の身体に触れたとき、吸い込まれるように札に吸収されていく。そうして霊力が完全に消えた瞬間また八尺様の霊力が膨れ上がる。それは僕の後ろ。

「こうも容易くかッ」

振るった腕が腹に食い込む。取り憑くタイプの霊だというのにまるで熊のような力。口から血がこぼれる。痛みで視界が歪む。ナイフを取り出し自分の手首を切る。血が噴き出した瞬間それを八尺様のいる方へ振るった。血を浴びた八尺様は歪み、血へと吸収されていく。そうして霊力が完全に途絶えた瞬間にまた現れた。

「これは……」

見誤った。普通の霊ではないと理解していたはずなのに除霊方法が通じない事を考えていなかった。これでは儂の切り札である骨封が通じない。恐らく根元がある。それを見つけ破壊するか、返すかするべきだった。だがまだだ。まだ儂の命は終わっていない。

◇

なんだか外が騒がしい。私はスマホを見て勇実さんへ連絡しようとして……手を止めた。何か役に立てると思った。勇実さんの助手として手伝えることがあると思っていた。

でも。私は役立たずだ。

最初のアパートの霊は勇実さんの除霊を見て感動した。

次の依頼では目の前で守らないといけない愛奈ちゃんが攫われた。

そして今回。私は何も出来ていない。

いやだ。何か、何かないの。私でも出来る事。必死に考えて、勇実さんにお願いして私は同じ女性の三珠さんの手伝いを申し出た。三珠さんと一緒に屋敷を回り今回の女の霊が潜んでいないか探す仕事だ。

「ねぇ。利奈ちゃんはどうしてこの仕事を？」

「……え」

「ああ。ごめんなさいね。利奈ちゃんは随分若いでしょ。普通はもっとこう……きゃぴきゃぴした感じの仕事をしようと思わない？　あらきゃぴきゃぴなんて最近は言わないかしらね」

三珠さんは穏やかな人。話していて、一緒にいてどこかほっとする。

「私は……霊に襲われていたとき、勇実さんに助けて貰ったんです。それがとてもかっこよくて、うれしくて。――何か恩返しがしたいって思ったんです」

ゆっくり自分の中の言葉を押し出す。

「でも。全然上手くいかなくて。何をすればいいのか全然わからないんです。勇実さんは凄い人です。どんな怖い霊も簡単に退治しています。なんていうか――逆に足を引っ張っているんじゃないかって……」

「うーん。そうね」

「あの。三珠さん……私って霊能者の才能ってありますか？」

足を止め、聞いた。聞きたい話。でも聞きたくない話。私は――あの人の役に立てるのだろうか。

「才能か。利奈ちゃんは霊力は強いと思う。多分私より強いかも」

「え、ほ、本当ですか!?」

「うん。でも利奈ちゃんに霊能者は向いてないと思うわ」

――え。

「霊能者っていうはね。死んだ魂と接する仕事。他の人はわからないけど私の師匠がよく言っていたわ。祓う霊の人生を背負わない覚悟をしなさいって」

「背負わない……ですか」

「そう。私は霊の言葉が聞こえる。霊の言いたい事がわかる。まるで普通の人間のようにね。利奈ちゃん。生きている人と霊の違いって判る？」

生きている人と霊の違い……？　そんなの……。生きているか、死んでいるか……ですよね」

「そう。当たり前だけどその通り。だからね。人と話すとその人の事がわかるでしょう。今まで楽しかった事。大変だったこと。強烈な記憶はその人の人生を彩り形へ変える。でも霊は違うの。人にはない経験がある。とても強烈で鮮烈な記憶」

死んだ記憶。

「霊は死んだ記憶を持っている。生きている人にはないものが。だから引っ張られるの。死んだときの感情に。私が霊と話すとね。死んだときの話をするのよ。どう死んだのか。何故死んだのか。そうするとね引っ張られるのよ。可哀そうにって」

優しい顔をした三珠さんは少し困った顔をする。

「そうするとね。取り憑かれやすくなる。霊に話しかけ気づいたら屋上から足を踏み外す人は多くいるわ。だから絶対霊に同情してはならない。死人の人生を背負ってはならない。でも利奈ちゃんはやさしい。多分引っ張られるわ」

そう言うと三珠さんは私の手をゆっくり握る。とても暖かく安心する。

「霊力があり過ぎるっていうのも問題なの。だから利奈ちゃん。絶対霊に話しかけてはだめ。近寄ってはだめ。霊にとって貴方は――」

「なら！　なら私はどうすればいいんでしょうか。どうやって……」

「利奈ちゃん」

「……え」

三珠さんに握られた手に力が入る。

「利奈ちゃんは何がしたい？　霊能者になりたいの？」

「え……それは……」

「違うんじゃない？　勇実さんに恩返しがしたいんでしょう。なら無理に霊能者になる必要はないわ。他にいくらでも方法はある。それを考えてみてもいいんじゃないかしら」

「違う……方法……」

「そうよ。助手だからって霊能者になる必要はないでしょ？」

そう違う方法があるんじゃないかって三珠さんは言っていた。何か違う方法。

「ん？」

背筋が凍る。何か起きた？　三珠さんもどこかへ行ってしまった。私はどうすればいいの。霊に対応する方法なんて私にはない。下手に動けば勇実さんの迷惑に。スマホが震える。画面を見ると勇実さんからメッセージだ。

『屋敷の1階の一番奥、南東の部屋に来てくれ。分散すると面倒そうだからね』

今の私は何も役に立てない。でもそれを追い目に感じないように、空回りしないようにしよう。今はただ勇実さんの仕事の邪魔をしないようにする。そう強く胸に気持ちを固めた。

◆

向こうの世界にいたときからそうだったのだが、俺には苦手なものがある。そう、子供だ。

基本生意気であり、よくわからない全能感を持っており、そして、絶対自分なら大丈夫だと変な自信を持っている。自分は他人と違う特別なのだと信じてやまないのだ。まったくその根拠はどこからくるのかぜひ聞いてみたい。まあ俺も子供の頃は同じ感じだったのだが。

「ねぇ面白いそれ？」

「……わかんない」

まぁこの少年は違うようだ。内向的なのか、単純に俺を怖がってるのか知らないが、全く目を合わせようとしない。あの後、すぐに太陽という少年のいる場所へ向かった。九条さんとその奥さんのふたりに事情を説明し護衛として同じ部屋にいる。今は太陽少年と九条さん夫婦と俺の４人。随分広い部屋で奥さんがお茶の用意をしている。どうしても落ち着くために何か飲みたいという事だった。

それにしても木彫りの鷹のプラモデルのような物体を一生懸命触っているこの太陽君。向こうの世界だと、このぐらいの子供は剣を振ったり、魔法の練習をしていたりするものだが、どうやらこっちの世界の子供はプラモデルを触るのが好きなようだ。

「なんか一生懸命動かしてるけど、何やってんの？」

「……なんか違う動物に変身するみたい」

違う動物ねぇ。もしかして変身合体ロボみたいなものなのだろうか。それにしてもさっきも感じたんだが、妙な気配を感じるプラモだな。なんだろう、ずっと見ているとこう……。

気持ちが悪い。どこか身に覚えがあるこの感覚。この邪悪な気持ち悪さはどこで感じたものだったろうか。

だめだな。見ていても気分のいいものじゃない。漫画でも読みたいところだが今の状況じゃそれも無理だ。いや利奈を呼んでおこう。近くにいた方が守りやすい。そう考えスマホを操作していると少年に話しかけられた。

「……何してるの？」

手ではずっと鷹であったプラモが別の形に変わろうとしている。聞いてみると元々は熊だったそうで、そこから次は鷹に変身したのだそうだ。どうやら次は魚になる予定らしい。何かのアニメのおもちゃなのだろうか、それにしては木製とはね。メーカーも思い切ったことをするものだ。正直売れるとは思えないな。

「俺の連れに連絡しているんだ。ふむ、俺のスマホに聖書《まんが》があるよ。読むかい？」

「……いいよ、難しい本は読んでもわからないし」

このお子様めぇ。だったら聞くな！！！　まぁ、漫画を読むにはまだ幼すぎるのは否めないからな。やはり漫画を読むためには深い知識が必要になる。子供に無理なのは仕方ない、いかんな、大人の俺が熱くなってどうする。

「お茶の準備ができましたよ。太陽にはいつもの甘いやつね」

「やった!!」

飲み物が来た途端に随分元気なものだ。とはいえ子供の相手はどうも苦手だ。

「勇実さん、本当にありがとうございます。こんな歳になってからできた子供なのでもう可愛くて可愛くてね」

「……いつ生まれた子供でも、親なら可愛いと思えるものでしょう」

本当に良い親だと思う。子供を道具程度にしか考えていないやつが多かったあの世界の連中と比べると雲泥の差があるな。

「あ、そうそう。これ田嶋さんから聞いていたのでちゃんと用意しておいたのよ」

「は？」

なんだ、いやな予感がする。この胸を締め付けるような違和感はなんだ。先ほどの鷹のプラモデルと同じくらい凶悪な気配を感じるぞ。九条少年の母親は持っていたお盆をテーブルの上に乗せる。そこにはカップが3つある。しかし、なぜだろう。3つとも飲み物が違っているのは気のせいだろうか。

「わーい、ココアだ！」

そう言うと少年はコップの一つを奪い取っていった。残りは緑色《緑》の液体《茶》と漆黒の闇《コーヒー》だ。

「どうぞ、大のコーヒー好きと聞いていたので一応準備していたんです。さぁ召し上がってください」

そう言って渡されたカップの中にはすべてを吸い込む闇があった。

たじまぁぁぁあああああ！！！！　覚えてろよぉ！！！！！

目の前の漆黒の闇と対峙していると、利奈と三珠さんが現れた。

「お待たせしました。途中三珠さんも一緒にこちらへ来ちゃいましたが大丈夫でしたか？」

「ああ。大丈夫だよ。三珠さん。そちらの方は？」

「ええ。特に他の霊の侵入はなさそうよ。後は大蓮寺さんの方が上手くいっていればいいのだけど。そういえば牧菜ちゃんは……」

「ああ。先ほどまでいたんですが何か着信を受けてからすぐ走って出て行ってしまい……俺も離れるわけにはいかないので現状どこにいるのかは……」

「何かあったと見るべきかしら」

「そうかもしれないですね――ん」

――待て誰だ？

「誰かがこちらへ近づいてきています」

俺の言葉に全員が緊張する。

人の足音。霊の気配は感じない。だが知らない気配だ。それがまっすぐこちらへ向かって来る。そうして構えているとそいつは現れた。

「こんにちは。ああ、やっと会えたぁ」

ねっとりとした高い男性の声が響く。見たことがない。誰だろうか。随分気持ち悪い感じの声だな。

「え、区座里さんですか？」

「まさか彼が？」

「は、はい。そうです勇実さん。でもなぜ今になって……」

九条の奥さんがそう呟いたのが聞こえた。ん、区座里？　確か今回の犯人って言われてるやつだぞ。ボコした方がいいのだろうか。とりあえず子供の前でする事じゃないか。立ち上がり男の前に立つ。

「えぇぇぇ。そうです。あぁ貴方に会いたかったぁ。なるほど勇実さんって言うんですねぇ」

手を口に当て、妙にクネクネしている目の前の男。一見ふざけているようにしか見えないが、サングラス越しから感じる視線は随分と鋭い。

「ふむ、どうして俺に？」

「新幹線の猿夢を祓ったのは貴方でしょう？」

「猿夢？」

そういや牧菜が猿夢と今回の八尺様の怪異は同じ犯人だって推理してたな。

「あー思い出した。あのゴブリンレベルの怪異でしょう？　えぇ祓いましたよ」

「……ゴブリンレベルですか？」

ん、なんだ。反応が悪いな。いいじゃないかゴブリン。結構初心者殺しで有名なんだぞ。

「そうですが、それが何か？」

「あれは僕の力を十全に込めた傑作でねぇ。本来であれば一人にしか見せられない悪夢を数百人単位で見せる事が出来る特別製だったんですよ」

「え、アレで？」

サングラス越しの視線が更に強くなったのを感じた。まずい、なんかしらんが怒ってるぞ。っていうか自分で作ったとか言ってるじゃん。もうこいつ犯人確定じゃん。

「僕の身体の一部も使い、丹精込めて作った傑作でねぇ。あれ作るのにどのくらい時間がかかったか分かりますかぁ？　それを漫画やゲームに出てくるゴブリン程度と例えるなんてぇね。ひどくないですかぁ」

「あ、あぁそうだったな。訂正するよ」

「そうでしょう。そうでしょう。実際に祓った貴方なら、正しくあの価値を分かってくれると思って――」

「あれはスライムレベルだったよ」

「……殺しますよ？」

え？　引くぐらい激おこなんだけど。なんだよ、スライム強いんだぞ。っていうかだ。目の前の激おこの犯人をどうするべきなのだろうか。以前いた世界であれば普通に殺すという選択肢しかない。そもそも犯罪者に喰わせる飯なんてないし、生かしておく理由もないのだ。犯罪奴隷に落とすというのはあくまで平民以上の人間だけに許された処置だ。盗賊などの犯罪者に落ちた場合、基本的に人権はなくなる。あれは人の形をして、人の言葉をしゃべる魔物として処理されるようになる。そこに温情などもなく、ただ殺すだけだ。そしてその犯罪者の首が有名なやつであれば金がもらえる。

だが、ここはそういう世界ではない。法はすべての人間に人権を与えており、どのような悪人であろうとも国家権力を持たない一般の人間が私的に犯罪者を裁く事は出来ないのだ。であれば、この場合はどうなるのだろう。霊を使った犯罪は法で裁けるのだろうか。魔法がない世界、超常的な力はなく、科学が発展した世界。俺から見れば原理も分からない科学なんて魔法と変わらないと思うのだが、それでも霊という存在は立証されていないと漫画でよく見るのだ。だからこそ、迷う。

目の前に霊という武器を手にした人間がいたとき、俺はどうすればいいのだろう。

「無視ですかぁ。貴方なら僕の傑作を理解してくれると思ったのになぁ」

ふむ、小難しい事を考えるのは後にしよう。とりあえず適当にボコして動けなくする。その程度は、まぁ許されるだろう。最悪大蓮寺に助けてもらう感じでいくか。

「区座里さん!?　今までどこに！」

「くくく、九条さん、貴方は本当に目出度《めでた》い人ですよねぇ」

「な、何だとッ!?」

「もう大蓮寺さんも気づいているようですし、ネタバラシしましょうかね。太陽君を襲っている霊は僕が仕向けているんですよ。ちなみに最初に会ったとき、太陽君に霊が憑いていると言ったのは〝嘘〟です。あんな簡単な嘘に騙されるなんて本当に面白い人だと思ってついつい興が乗ってしまいましたよ。八尺様はこの屋敷に避難させた後に呼び出した霊なんです。どうです？　非日常的な時間を味わえたでしょう？」

「き、貴様ぁぁあ！！！」

拳を握り大きく振りかぶって区座里に殴りかかる九条だが、それを区座里は容易く躱す。そして足を区座里に払われ、転ぶ九条を俺は支えた。

「あ、貴方。何者なの――」

「三珠さん!?」

震えだした三珠さんに利奈が驚きの声を上げた。

「ありえない。一体どれほどの人を――うぇえ。こんな冒涜が……」

「あれれ。面白いなぁ。何が聞こえているんでしょうか。でもねぇ。今じゃないんです。そういうのも飽きちゃいましたし今は勇実さんと遊びたい。ねぇ勇実さん。地獄ってどんなものか興味ありませんかぁ？」

「……地獄？」

なんだ？　確か地獄ってのはこの世界にある死後の概念の事だったはずだ。それと今の状況に何のつながりがある？

「もちろん興味ありますよねぇ。僕もぜひ見てみたい。本当にあれば、ですけどね」

両手を広げ、まるで演説するかのように語りだす区座里という男。陽気な様子で話しているようだが、サングラス越しの視線はずっと俺から外れていない。殺気は感じない。先ほど殺すなんて強い言葉を使っていたが、そのような気配などなかった。ただのフェイクなのか、それとも――。

「実はね。僕が作った伝承霊は2種類あるんですよ」

指を二本突き出し、まるで生徒に勉強を教える教師のように笑いながら区座里は語り始めた。

「一つは勇実さんや太陽君を襲っている怪異タイプの伝承霊です。基本は元になった物語をなぞるように人を襲いますが、作る際にそれなりに力を籠めてやればある程度は改変出来たりします」

何が楽しいのか、含み笑いを続ける区座里を見ながら、九条の手をひっぱり立たせてやる。九条は苦虫を潰したような顔をしながらもすぐに少年の近くへ駆け寄っていった。

「もう一つはね、呪具として人を襲うタイプの伝承具というものです。例えば近づくだけで女子供だけを容易に殺す呪具とかそういうものもあるんですがね。今回僕は中々面白い伝承具を用意してみました」

呪具か、つまり魔道具みたいなもんか？　碌な使い道ではないのは間違いない。だがまぁ壊せばいいんだろう。もう本当に面倒になってきたな。でもそれっぽい物ってこの屋敷の至る所にあるからどれがどれか分からんぞ。そう俺が思考を巡らせていると場違いのように電話の着信音が鳴り始めた。

「な、なんだ!?　誰だこんなときに電話なんて」

後ろにいる九条さんが怒りの声を上げている。だが、それを区座里は楽しそうに見ながら、今までとは違いとても穏やかな声で九条にこう質問した。

「九条さん、誰からのお電話ですか？」

その区座里の様子のおかしさに気づいたのだろう。九条も困惑しているのが伝わってくる。そして、息を飲む音が聞こえ、九条はスマホのディスプレイを確認したようだ。

「……彼方《かなた》？　誰だ？　そんなやつ電話帳に登録なんて」

その九条の言葉を聞き、区座里は身体をよじらせながら笑い始めた。

「ははは、はっはっはっはッ！！！　時が来ましたねぇ！　太陽君これを見て下さい」

するとク座里はポケットからペンライトを取り出し、光を灯しながらそれを振るった。既に夕方になっているためか、ライトの明かりが妙に視界に残る。というか、妙な力が込められているようだ。

「た、太陽!?　どうしたの!?」

後ろから九条の妻の悲鳴が聞こえる。区座里から視線をはずし後ろを見ると、あの少年がまるで何かに取り憑かれたかのように、木製のプラモを触っていた。凹凸部分を捻り、押し込み、そして回転させ、また新しく出てきた出っ張りを捻る。それを繰り返し、そして魚のような形が完成した。

「太陽ッ！　区座里、貴様息子に何をした!?」

「いやだなぁ。ただの催眠術ですよ。完成まで本当に後少しだったみたいなのでねぇ。それより見て下さい」

頬を赤らめ妙に興奮している区座里は太陽を、いや具体的には太陽が完成させた魚のプラモを見てこう言った。

「あれは伝承具〝リンフォン〟です。完成しましたよ、極小の地獄がね」

少年が持っていた魚が不気味に光りだし、宙に浮いたと思った瞬間。俺の目の前は歪み、気づけば嘔吐して地面に倒れている自分がいた。

◇

父からの着信を見た瞬間私はすぐに行動を開始した。何かしらの緊急事態が起きたというメッセージ。八尺様が出現した？　いや違う、恐らくそれさえも超えた何かが起きたという事ね。勇実さんに事情を説明する時間もなく私はすぐに走った。あの人は父以上に強力な力を持った霊能者。本当は助けを乞いたい。でもあの人も大事な仕事がある。なら私がする事は一つ。

自分の父親の命を守ること。本来であれば私が持ち込んだ呪装を使い父が祓う予定だったわ。この呪装は父の骨を利用して作られた骨封という代物。血の代わりに骨に霊を吸収させる物であり危険な霊相手に使用するものだ。

すぐに玄関の扉を開け、完全な暗闇の中、スマホの明かりを利用して走り出す。異様な音が響いている。きっとあっちだ。

そして父の姿はすぐに見つかった。それは血だらけで、もう立つことも出来そうにないほど傷ついた父の姿だった。父の除霊はまず自分を傷つける事から始まる。だがそれにしても父の怪我の仕方が異常すぎた。私はもう何も考えられなかった。父の目の前にいるまるで猛獣のような姿をした八尺様。とても恐怖に駆られる姿ではあったけど、それでも私の足は止まらなかった。

◇

視界が血で赤く染まっていく。あぁ今回の依頼は本当に厄介だ。自分の命の使いどころを探し随分と無茶をした。もう老人と言ってもいい年齢に片足を突っ込んでいるというのに我ながら随分身体を酷使したと思う。妻を自分の除霊の失敗が原因で亡くしてから、すべてがどうでもよくなった。

守ろうとした人を守れずのうのうと生きている自分が嫌いだった。

いつだって霊能者というのは世間からみればつまはじきものだ。それはそうだろう。見えない人間からすれば当たり前の話だ。儂の妻は霊が見えない側の人間だった。だが、それでも儂の仕事に口を出さずただ応援してくれていた。苦しかっただろう。インチキ霊能者と世間で言われていた儂の妻というだけで随分つらい思いをさせていた。だが、それでも儂の力は本物だと、人を救う立派な仕事をしてくれているとそう言ってもらえたから頑張れた。それでも結局儂は力のない人間だったのだ。

まだ、自分の特殊な身体を使わず、仏門に入っていた頃の儂は、廃墟探索に行った若者の除霊に失敗した。とり憑いた霊が儂を襲い、妻を襲い、そして二度と帰らぬ者にした。がむしゃらだった。気づけば自分の血が辺りに散乱した部屋で、霊を自分に封じ除霊を行ったところで儂は気絶していた。当然大きなニュースとなった、幸い妻の死因は心臓麻痺であったため、事件性はないと判断されたが、あの一件以来儂は業界から一度完全に追放されたのだ。

そのときにようやく気付いた。自分の命を削れば妻は救えたのだという事実に。ずっと目を背けていた自分の特異体質と向き合っていれば今も妻は笑っていたのだと考えるといつも眠れない。自分の娘の事なぞ忘れ、ただ妻の元へ行くことだけを考えた儂はそこから自分の命を使う事に躊躇は消えた。そして気付けば娘の牧菜が秘書になると言って聞かず、そして依頼の選別までやるようになった。牧菜が裏で何をやっているのかも知っていた。儂の手に負えない依頼は断っているという事も。必要以上に高額な依頼料を取り、儂の仕事を減らそうとしていたという事も。そして、断った依頼主がどうか無事であるようにと常に泣きそうになりながらいつも祈っていた事も。

今回の九条殿の依頼は一つの転機にしようと考えた。自分の命の価値を試す最後の機会にしようと思ったのだ。少しは娘との時間を作ろう。あぁだと言うのに――。

「馬鹿者め。なぜ追いかけてきた。元々はお前が逃げるための避難の合図だったのだぞ」

「お父さんこそ本当に馬鹿ね。たったひとりの家族なんだもの。守ろうと思うのは当たり前でしょ」

「――あぁ。そうだったな」

儂の目の前に立つ牧菜。震える手で既に立ち上がる事が出来ない儂を抱きしめている。その後ろから枯れ枝のように遅く、そして猛獣のような力を持つ八尺様の手が振り上げられるのが見えた。あぁ、仏よ。既に仏門を捨てた我が身ではあるが、どうか娘だけは――。

八尺様の振り上げられた腕が振るわれる瞬間、地面が大きく揺れた。

そして次の瞬間には、目の前にいた八尺様が幾重もの光の棘のようなものに身体を覆われ消えていった。だが、それだけではない。光だ。まるで太陽のような光。それが闇夜を照らし、周囲を照らしている。

なんだ？　そう思い、痛む身体でその方向へ視線を向けると、そこに巨大な光の柱があった。

◆

時間は少し遡る。

「はははッ!!　なるほどこうなりますか！」

馬鹿みたいに高笑いする区座里がうっとおしい。だが今はそれどころではなかった。俺は今まで生きていた中で最大の地獄を味わっている。近くに子供がいるためいつも纏っている魔力を最低限にしていたのが失敗だったか。

「このリンフォンはね。熊、鷹、魚という形を経て地獄を作る伝承具なんですよぉ。ただ地獄ってなんだって話ですよね？　だから僕も迷いました。地獄って言われても想像できなかったんです。最初は数え切れない程の呪いを周囲にぶちまけるとか考えたんですけど、地獄とはちょっと違うかなって思いましてね。だからね、少し考え方を変えたんです。このリンフォンがある周囲の人間全員をそれぞれ自分がもっとも恐怖し絶望する状態に堕とせばいいんだってねぇ」

まだ俺の中の嘔吐感が収まらず、平衡感覚が戻らないためか上手く魔力が練れない。うずくまった状態で周りを見ると、九条夫妻は悲鳴を上げながら壁や地面に自分の頭を打ち付けている。太陽少年は白目を向き失禁している様子だった。三珠さんは爪を立てて顔を引っ掻き血が流れており、利奈は悲鳴を上げ頭を抱え泣いている。

利奈に施していた魔力による防護も貫通している。くそ、なんて情けない。すまないもう少し待っていてくれ。

「唯一残念なのは貴方たちがどんな地獄を見ているのか分からないって点ですねぇ。どうにか改良したいですが……」

なるほど、そういう事か。俺が味わっているこの感覚、なるほど地獄って意味がわかったぜ。少しずつ四つん這いの状態で俺は九条夫妻がいる部屋まで進む。

「おや勇実さん。そんな状態になってもまだ依頼主の心配をするなんて泣けるじゃあないですかぁ」

「……うるせぇぞ」

「――本当に驚いた。地獄の中にいるというのにそんな軽口が言えるなんてねぇ」

そう言うと四つん這いの俺の腹に区座里は思いっきり蹴りを入れてきた。

「ッ！　なんなんですか！　勇実さん、貴方身体に鉄板でも仕込んでるんですかぁ？」

馬鹿垂れが。そんなそよ風みたいな蹴りで俺の身体にダメージを与えられるわけがないだろう。むかつくがもう少しだ。俺は自分の弱点に立ち向かわなくてはならない。ゆっくりとだが確実に俺は自分の身体を動かした。そして、ようやく目的の場所にたどり着く。

「勇実さん。何がしたいのかさっぱり分からないですよぉ。それにしても九条さん達は劇的に効いているようなのに、勇実さんには随分効果が薄いですよねぇ。やっぱり何か秘密があるんでしょうかね」

大きく息を吸う。田嶋、貴様に初めて感謝しよう。どうやら俺は――。

「また一つ成長したようだ」

俺は吐しゃ物で汚れた口を拭い、すぐ近くの区座里を蹴り飛ばした。

「ぐぁあぁッ!!」

区座里は俺の蹴りを喰らい轟音を立てながら壁を破壊して廊下の外まで転がっていった。くそ、まだ目が回ってやがるな。まぁ大分マシになったが。

「ど、どうして立てる!?　貴方はまだッ！　リンフォンの地獄の中にいるはずなのにッ！！」

「どうしてって、知ってるか——」

俺はスーツに付いた汚れを叩きながら区座里を見てこう言った。

「俺の乗り物酔いの原因は匂いなんだぜ？」

「……は？」

「普通は三半規管がどうこうって理由らしいけどよ。まぁ俺の場合はって話だ。最近はコーラとか紅茶とかでそういう匂いを誤魔化してるんだが、こういう場合はコーヒーもありみたいだな」

そう言うと床に落ちて零れているコーヒーを見る。あそこまで近づきコーヒーの匂いを嗅ぐ事によって俺はこの窮地を脱したのだ。味はともかく、コーヒーの匂いは克服出来たようだ。俺も成長したと本当に痛感する。今回改めて痛感した。俺、乗り物嫌い。

「何を言っているんです？」

「あ？　だからコーヒーの匂いで乗り物酔いを誤魔化したんだよ」

「い、意味が分からない！　貴方は間違いなくリンフォンの地獄に落ちていたはず!!」

「だから地獄にいたぜ？」

乗り物酔いって地獄の中になぁぁ！！！　道理で気持ち悪い気配が出てた訳だ。なんて最悪な物を作りやがるんだコイツ！

さて、ようやく頭が回るようになった。腹が立つがこれもいい経験になったな。元の世界では呪術という名称の技術はあっても、実際は魔法を応用した術式に変わりはない。だが、この世界の呪術というやつは魔力もなしに他人に危害を与える事が出来るようだ。まぁそれなりのリスクがあるようではあるがね。

身体に魔力を満たす。身体の中からまるで熱が放出されるかのような感覚と同時に乗り物酔いの感覚が消えていった。っていうかこの匂いって田嶋の車の匂いじゃねぇだろうな？　よく考えたら最初に乗り物酔いしたのも田嶋の車だったな……。いや、深く考えるのはやめよう。タクシーだって似たような匂いしているし、新幹線だってそうだ。つまりこの世界の乗り物とはとことん相性が悪いって事でいいさ。

廊下で倒れながら俺を睨んでいる区座里を見る。その顔は何かに驚愕しているようでもあり、何かに怒りを感じているようでもある。こいつは後でボコるとしてまずはアレを何とかしよう。部屋の天井付近に泳いでいる魚の模型。まるで生きているかのように空中を泳いでいるあの魚からどす黒いオーラのような物が煙のように出ている。まずはあれを破壊しよう。そう考えた時だ。

「ま、待ちなさい！　まさかリンフォンを封印しようとでもしているのですか？　だとすれば無駄です。一度起動したリンフォンを封じる事なんてどのような力の強い霊能者であっても――」

「ん？　いや壊すけど」

封印とかできんし。ってか壊す方が楽だし。

「ッ！　――こ、壊す、ですって？　馬鹿なッ！　不可能だ、あれは既に地獄そのもの。術者の僕ですらあれを止める事は出来ないのですよ！」

知らんわ。いつもの指パッチンを行い、魔力を放出する。発せられた閃光があの魚を捉え、俺の魔力により光子が付着した魚から光の刃が出現する。10個以上のバラバラの木の欠片になったと思った瞬間、あのリンフォンとかいう魚が放っていたオーラが一瞬強くなる。そして、黒いオーラの中から何かがすごいスピードでこちらに向かって飛び出してきた。それは黒い鷹だった。気のせいか少年が最初に持っていた鷹よりも一回り大きくなっているように思う。

「まぁ関係ねぇけどさ」

魔力を込めた右手で飛来してきた鷹を思いっきり殴り飛ばした。ぐちゃりと、およそ木が鳴らすような音ではなく、何かの生き物を殴ったような感触を感じる。魔力を込めた俺の拳を受け、また黒いオーラと共に鷹は粉々になり飛び散った。普段は魔法戦が主体なのだが、流石にストレスが溜まっていたため、思いっきり殴り飛ばしたくなったのはご愛嬌だ。

『■■■■■■――』

声にもならない悲鳴のようなものが聞こえ、また黒いオーラの中からさらに大きなものが出現した。身体は俺よりデカく、もうどう見ても木製ではない黒い熊のようなシルエットの化け物。それが鋭い爪を立て俺に攻撃を放ってくる。

普通の人間が受ければ間違いなく身体が二つ以上に別れるであろう攻撃。そんな攻撃を俺は虫を払うかのように、左手で迫りくる攻撃を弾く。そして右手で熊の頭を掴み、思いっきり床に叩きつけた。

って床が割れた!? やっべ、どうしよう。色々ムカついていたからストレス発散で殴ってたのが失敗だった!! どうしよう、この熊がやったって説明出来るか!? 思いっきりこの熊の頭が床にめり込んでるけど、それで言い訳出来るのか!? あれ、これ弁償か? そう俺が冷や汗を流していると区座里の叫び声が聞こえてきた。

「いいのですか！　そのリンフォンは確かに僕が作った作品だ！　でもリンフォンの地獄の門を構築していたのは太陽君です！　それを破壊すれば太陽君にまで被害が及ぶのですよ！」

この世界の呪術というのは危険なリスクを伴う。呪いに失敗した場合は、それが術者の元に返ってくるというものだ。では、今回のリンフォンはどうなのだろう。元々のリンフォンを作ったのは区座里、完成させたのは少年。つまりリンフォンを破壊した場合このふたりに呪いの反動が返ってくる可能性があるという事か。そうか、呪いが返るのか。ならこうすればいい・・・・・・。

俺はさらに魔力を周囲に拡散する。そして今度はこの場にいる区座里を除いた人間すべてに対して、俺の魔力で身体を覆った。

「な、なんですか。彼らの身体が光り輝いている？」

最初俺や利奈に使っていた簡易的なものではない。さっき間抜けにも乗り物酔い地獄に巻き込まれた時とは違う。俺が向こうの世界で戦っていた時と同様の魔力量だ。先に元凶を叩こうと思ったがこっちを先にするべきだったか。見ると利奈たちの奇行が止み気絶している。恐らくこの程度ならすぐ目が覚めるだろう。

「まて、話を聞いていなかったのですか!?」

「聞いてるさ。なに安心しろ、今なら魔王の攻撃だってそよ風みたいに耐えられるぜ？」

「何を言って――」

そう言って俺は床にめり込んでいる熊を見ながらもう一度指パッチンをした。黒いオーラを出している熊の身体から幾重もの光の棘が生え、そして次第に身体を覆っていく。

「〝閃光の棘《フラッシュ・ニードル》〟」

「ぐぁあああァッ！！！」

消滅した熊の代わりに区座里の悲鳴が木霊する。見ると、血が廊下に流れ、数本の指が足元に転がっていた。なるほど、アレが呪いの反転ってやつか。

「ば、馬鹿な。なぜ、太陽君には何の反動もッ……!?」

「俺の霊能力で呪いからガードしたのさ」

呪いがどんなものかはわからない。だが俺の本気の結界を貫通できない事は、今の時点で俺が動けているという事から証明されている。

「そんな、ありえない。一体、どれほどの力があれば……」

リンフォンとかいう物を破壊するとどうやら利奈達の意識が回復したようだ。

「あれ……勇実さん？　これは……」

「私は――何を――」

「身体が、なんだこの痛みは、私は一体……」

「え、ええ。一体何が……た、太陽！　大丈夫、しっかりして頂戴！」

「な、何！　おい、大丈夫か！」

利奈達は大丈夫そうだが、九条さん達は取り乱している。俺はふたりに近づき、状況の説明を簡単に行った。最初は大分混乱していたようだが、この部屋の状況、廊下で血を流している区座里など含め、すべて本当の事を説明した。流石に霊が原因で霊能者を呼んだだけあり、素直に状況が理解出来たようだ。

「つまり、リンフォンという呪いの道具と勇実さんが戦ってくださったという事ですね」

「ええ、そうです。とりあえず安心して下さい。皆さんの身体を俺の霊能力で守っているのでこれ以上危険が迫る事はないでしょう」

「あぁ、なんとお礼を言ったらいいのか。まさか、壁をここまで破壊し、この部屋の床まで壊すような凶悪な呪いを祓ってくれたなんて」

「えぇ。あそこまで暴れるとは思わず、あのリンフォンという呪いが部屋を壊すのを止められませ・・・・・・・・・・・・・・・・・・んでした。申し訳ないです」

「いえ、いいのです。息子が無事だったなら何も問題ありません」

よかった。何とか弁償コースは回避だな。そう心の中でガッツポーズを取っていると廊下から狂気じみた笑い声が聞こえてきた。

「は、ははは、アハハハハ！！！　素晴らしい！　ここまで非常識な力は初めて見ましたよぉ」

九条さんや利奈達は大丈夫だろう。俺はまた何かを企んでいそうな区座里の元まで移動した。

「あぁ本当はもっとあなたの事をもっと理解したいですが、どうやらここまでのようだ」

「まさか逃げる気かい？」

「いえいえ、そんな事はまったく。ただ、ちょっとした賭けに出ようかと思います」

「賭け？」

どうみても詰んでいるようにしか見えないのだが、まだ何かあるのか？

「えぇ。勝率は五割程度ですが、まぁこういうのもありかなって思うんですよねぇ」

そう言うと区座里は懐から何か腕輪のような物を取り出し自分の腕に嵌めた。そして、さらに大きなナイフを取り出す。まさかそのナイフで襲ってくるつもりだろうか。言っておくが、その程度のおもちゃで俺の肌に傷が付けられると思わないで欲しいな。そう思っていると突然、そのナイフで自分の首を切り裂いた。赤い血が噴き出し、廊下をさらに赤く染めていく。

「きゃあぁあぁあッ！！！」

「あ、ああぁああ!!」

後ろから利奈達の悲鳴が聞こえる。それにしても、――ふむ、自決か。向こうの世界では犯罪者がよくやる手だ。捕まった場合、犯罪の度合いによってくるが基本的に拷問した後に処刑なんてよくあるケースだ。そういう事を理解している犯罪者たちはよく捕まりそうになると自決する。今回もそういう意味合いだったのか？　いや、この世界に拷問なんてする警察がいるとも思えない。であればなんの――。

「これは……」

屋敷の壁が、窓ガラスが、テーブルが、様々なものが揺れ始めた。まるで地震が起きているかのような振動。だが、これが自然現象ではないのはすぐに分かる。区座里が死んだことにより、この屋敷の霊の存在感が一気に増した。

あぁなるほど。区座里はこの屋敷にあらゆる呪物を設置していたと大蓮寺さんは言っていた。表向けには八尺様から守るための結界らしいが、この結果から考えるに、全部ろくでもない呪物だったという事なのだろう。うめき声のような声が聞こえ、何か様々なものがこちらに近づこうとしている気配を感じる。さて、このまま脱出してもいいんだが、放っておいて良いものではないだろう。

「九条さん。一つ質問を」

「な、なんですか！　この揺れは、区座里は死んだのではないのですか！　まさか、区座里の怨霊が!?」

「九条さん、落ち着いて下さい」

俺は九条の肩に手を置き、目線を合わせてゆっくりと話しかける。

「九条さん、一つ質問を、貴方は自分の家族とこの屋敷。どちらが大切ですか？」

俺の目を見て、少し落ち着いた様子の九条は少し間を置きはっきりとこう言った。

「家族です。そのためなら、こんな屋敷。なくなってもいい」

「いい答えです。そのまま床に座っていて下さい。そして目を閉じて。眩しいでしょうからね。利奈や三珠さんも同じく伏せていて」

「は？　勇実さん！　一体何を!?」

「簡単ですよ、すべて祓います」

正直、この屋敷に置かれている呪物の数は計り知れない。簡単に探知しただけでも20個以上は何か霊的な力を感じる。流石にそれらすべてに俺の魔力を付着させ、破壊するというのは手間がかかる。数個程度なら新幹線のときと同じ要領でやれるだろうが、数が多すぎる。だから、こうしよう。

俺は魔力を放出させ、右手を天井に向けて突き出した。周囲に俺の魔力が満ちていき、光の粒子が渦を巻くように回転している。範囲は屋敷周辺のすべての霊。どうやら屋敷にはここにいる人しかいないようだし、屋敷の外にいた守衛の人達の気配もないから逃げたのだろう。ついでに外にいる大蓮寺の近くの霊も祓っておくとして、さてこれで遠慮する必要はない。

すべての呪物を破壊するのは面倒だし、隠れているのがあるかもしれない。九条さんの許可も貰ったし、いいだろう。多少の被害は仕方ない。そう仕方ないのだ。

「〝閃光極射《フラッシュ・インジェクション》〟」

周囲の光がすべて天へ向かって噴射される。巨大な光が屋敷と庭を覆い、俺の魔力に反応するすべての物体を光で包み破壊する。一瞬の光、それが収まると、美しい洋館だった屋敷は消え去った。あるのは周囲の僅かな壁と床のみだ。瓦礫もない、すべて消滅させた。これなら隠してある呪物もろとも破壊できたやろ。いやぁ山奥の田舎で本当に良かった。都会だったら絶対できなかった裏技だよね。

「一体、何が…………」

息子を庇い、ゆっくりと九条さん達が顔を上げて、その光景を顎が外れるのではという驚愕の表情で見ていた。

ま、まぁ許可取ったし。大丈夫大丈夫。……だよね?

「す、すごいです！　勇実さん。本当にすごいです！　まるで魔法使いみたいでした！！！」

やめてくれ。大きな声で本当の事を言わないでくれ。

顎が外れんばかりに驚愕している九条の顔を見ながら俺は冷や汗を流していた。流石にやりすぎだっただろうか。でも、全部壊すの面倒だったし、これが一番確実だったんだ。そうさ、これは正当性のある行為だったはずだ。そうやって自己肯定をしているとようやく目の前の現実を九条は受け入れられたようだ。

「い、勇実さん、これは一体何が……？」

「――どうやら、この屋敷の根深い所まで区座里の置いた呪具が根付いていたようで、祓ったらそのまま……なんというか」

「消えた、と？」

九条はゆっくりと立ち上がり周りを見渡す。近くにあった森がよく見え、風が頬を撫でてくる。とても屋内にいる光景とは思えない。っていうか、もう屋内ではないか。

「……あ、ああ。いえ、正直驚いていますが、これで霊は？」

「ええ。それは安心して下さい。もうご子息は安全ですよ」

「それは本当ですか？」

「安心せい、勇実殿の言う通りだ」

するとボロボロになった様子の大蓮寺さんが牧菜に肩を借りてこちらに歩いてきていた。よく見ると連れ去られた鶴摩を背負っている。一応生きているようだが大丈夫だろうか、結構重傷じゃないか？　残念ながら俺は回復魔法が使えないからな……。

「大蓮寺さん、身体は大丈夫ですか？」

「君のお陰だ。礼を言わせてくれ。君に命を救われた」

「私からもお礼を言わせて下さい。勇実さんがいてくれたお陰で、何とか命を拾う事が出来ました」

そう言うと大蓮寺さんと牧菜はゆっくりと頭を下げてきた。

「それなら私もですね。今回は全然お役に立てませんでした。ありがとうございます」

そう言って頭を下げる三珠さん。

「いえ。色々と利奈に教えて頂けたようでこちらも感謝しております」

実際利奈は最初よりも顔色がよく見える。悩みが少し解決したのかもしれない。

「しかし、この屋敷の様子はどうなっているんだ？　遠目からは凄まじい力と光の柱が立ち上っているのが見えたが……」

「あれは勇実さんが区座里が放った呪いを祓った際の光のようです」

「そうでしたか、九条殿も無事でよかった。……そうだ、区座里は!?」

「あちらを」

九条の視線を辿り大蓮寺は区座里の死体を見る。おびただしい血がひびだらけの廊下を赤く染めている。

「勇実殿、区座里の最後を聞いても？」

「分かりました。……まぁあまり気持ちのいい話じゃないですけどね」

「それでもだ」

大蓮寺さんに区座里の最後を説明した。もっとも俺自身も分かっていない事が多いため、どこまでが大蓮寺の求めていた説明になったのかは分からない。だが、俺の拙い説明を聞いて大蓮寺さんは何かを納得した様子だ。気づくとうっすら太陽が昇り始める。朝が来たのだ。

「さて、九条殿。これからの事ですが、まずは警察を呼ぶべきでしょう」

「ええ、流石に建物が倒壊し、人死にが出ていますからね。幸い私には警察に伝手もあります。こちらでうまく説明しておきますよ。当然大蓮寺さん、勇実さん、そして三珠さんや鶴摩さんにご迷惑が掛かるような事には致しませんので安心して下さい。そして病院も手配いたします。もちろん治療費もこちらで負担させてください」

「そうですな。ではお言葉に甘えさせて頂きましょう。念のため皆さんにこれをお渡ししておきます、あれを渡してくれ」

「はい、先生」

すっかりと外面になっている牧菜が九条夫妻に何かを渡している。白い封筒が3つ。中に何が入っているんだろうか。

「大蓮寺さん、これは？」

「特製の護符です。念のためしばらくはそれを持っていて下さい。弱い霊であればそれが近くにあれば簡単に封印できます。3人分ありますのでとりあえず一ヶ月は持っていてくだされ」

「何から何までありがとうございます。そして勇実さん」

「はい、なんでしょうか」

「貴方のお陰で息子は助かりました。本当にありがとうございます。謝礼は田嶋さんより指定の銀行口座を聞いていますのでそちらに振り込ませていただきます」

「はい、わかりました。ありがとうございます」

ん？　そういや今回の謝礼はいくらなんだろうか。田嶋からは2本は堅いと言われている。という事は20万円にプラスして討伐数という感じなのかな。八尺様の討伐は大蓮寺でいいとして、俺はあのリンフォンってやつか。1体2万円として、22万は貰えるかな。いや、最後に結構な数の霊もいたし、もう少しプラスしてくれるかもな。くくく、いいぞ。これならもう少し蔵書を増やしても問題ないようだ。

「ッ!?　太陽ッ！　大丈夫？」

「ッ！　気づいたか!?」

どうやら少年が目を覚ましたようだ。

「よかった、太陽。もう大丈夫だからね」

「……ママぁ、こ、怖かったよぉッ！！！」

そうして静かに泣き始める少年。そうか、ずっと感情を表に出さない子だと思っていたが我慢していたんだな。男の子だな、多分親御さんに気を使っていたのかもしれない。強い子だ。

「さて、勇実殿。牧菜にタクシーを2台呼ばせておる。それが到着次第、一度街に戻るとしよう。病院に行った方がよいだろうからな」

「それは大蓮寺さんもでしょう？」

「はっはっは。この程度で済んだのは勇実殿のお陰だ。本当に感謝しておるよ。何かあればいつでも頼ってきてくれ。君は間違いなく命の恩人なのだからな。それに君の力……」

ん。まずい嫌な予感がする。

「多くは言わん。儂も特異な身体を持った身だ。だから何かあれば頼ってほしい。力になれる事もあるだろう」

いかん。これバレてる。流石に派手にやり過ぎた。いや専門家である大蓮寺さんに見せすぎたって感じかな。でもそれを盾に何かするようには見えない。顔の割に良い人なのだろう。

「はい。何かあれば……」

なんだろうな。最近は慣れてきたと思っていたけど、やはりこうしてお礼を言われるのはどうも照れる。でも、こういう気分になれるなら、やはり人助けもいいものだ。まさか、勇者をやめてからそういうのに気づくとは思いもしなかった。

「先生、後30分で到着する予定です」

「そういう事だ。さて、タクシーが来るまで儂も少し休ませてもらうかな」

そうだな。タクシーが来るまでもう少し……。

「――――ん？　タクシー？」

背中に汗が流れるのを感じる。心臓が跳ねるように鼓動し、呼吸が浅くなるのを感じる。落ち着け、俺は成長したはずだ。たかがタクシー、笑って乗りこなせるはずだ。そうさ、ちょっと近くの自動販売機でコーラか紅茶でも買えば……。

周りを見る。元々綺麗だった庭はまるで台風が来たかのように荒れ果てている。屋敷は僅かな壁だけを残しそれ以外は何もない。そう、本当に何もないのだ。あるのは美しい木々であり、山の風景などだ。

なぜだろう。どこにでもある風景だというのに妙に懐かしい感じがする。

朝の日が差す森。そうだ。向こうの世界にもこんな綺麗な森があったはずだ。そこで俺は花を摘んだんだ。

「懐かしいな。あの鉄仮面聖女。元気かねぇ」

「勇実さん？　どうしました」

「いや何でもないさ。それより帰ろう」

「はい！」

◇

日が昇り時間は既に13時を回っている。

「うっわ、すげぇなここかぁ」

「ですね……九条忠則さんの供述ですと、悪霊を退治するために屋敷を破壊せざるを得なかったという事ですが」

パトカーが止まり、二人の警官が九条家が所持している別荘に来ていた。だが、そこは凄惨な場所だった。まるでそこだけ局地的な台風が来ていたかのように、荒れ果てている。近くの木々が倒れ、肝心の屋敷は本当に殆ど何もなかった。上からの指示もあり、ある程度は良しなにやれと言われているが、こういった現場は彼らも初めて見る。倒壊した建物を見る機会も当然多くあるが、この屋敷は倒壊したとは言い難い。建物は壊れているが、瓦礫などが一切ないのだ。普通壊れた破片などが残り倒壊したばかりの建物というのは危険なのだが、ここまで何もないと危険だと言う方が馬鹿らしい。

「念のため気を付けろ。霊とか胡散臭いことこの上ないが、供述だと死体があるらしいからな」

「そうですね。調べた感じだと九条忠則って随分霊に悩まされていたらしいですけど、やっぱり幻覚を見てたんでしょうかね」

「そりゃそうだろ。ただ、突然扉が叩かれるときや窓ガラスが割れるって事は多々あったらしい。あんまりそういうのは信じてないが何かあるかもしれんぞ？」

「勘弁して下さいよ、苦手なんですよ俺」

そうして二人の警官は九条から話があった死体の場所を探す。

「この辺のはずですよね？　死体どころか血もないですよ」

「だな。一応この辺のはずだがそれらしいものがないな」

瓦礫もないため、何かに隠れるという事も考えにくい。こうなってくると考えられる結論は一つだ。

「一応鑑識呼びます？」

「いや、いらんだろ。霊と一緒で死体の幻覚でも見たんじゃないか？　どのみち上からあんまり大事にするなって言われてるからな。死体がないならないでそれでいいだろ」

「ですよねぇ、わざわざこんな遠くまで来たのに無駄足かぁ」

「馬鹿者。何もないならそれでいいだろ、まぁこの風景を見て何もないってのはおかしい話だがな」

さっきまでいた屋敷を見る。あの後見て回れる場所は全部見たが区座里光琳という男の死体は発見できなかった。調べてみたが、犯罪歴のある人物ではないようだ。ならばやはり幻覚なのだろうか。出来れば鑑識を呼んで調べた方が良いと思うが、今回の捜査はあくまで形だけの捜査だ。そういう指示が出ている以上、ここでやれることはもう何もない。

「戻りますか？　一応写真も押さえておきましたけど」

「そうだな。来週にもここに業者が入って痕跡を消すそうだ。とりあえず戻って報告だな」

「はぁまたしばらくパトカーの中ですね。……どうしました？」

「いや、なんでもない」

そうだ。何でもない。森の奥の方に人影を見たような気がするが警官は首を振る。

この辺は他に民家もないような場所だ。報告書を読んだからそれに引っ張られたのだと信じてそのまま帰路についた。

◇

「はぁ、はぁ、はぁ」

身体を引きずる。まだ上手く歩くことが出来ない。一見人間のような容姿に見えるがよく目を凝らせばそれが異常な姿だと言う事が一目でわかる。一歩、一歩とゆっくりと動くその物体は皮膚から幾重もの髪の毛のような物が飛び出し、まるでミミズの様にうごめいている。もう元の皮膚の色はなく、ただ黒い塊のようになっている。そしてその髪は皮膚だけではない、爪や眼球、あらゆる場所からまるで生き物のように髪の毛がうごめいているのだ。

「カッタ、ボクハ、カケにカッタ。勝ったんだ」

あの瞬間、もう逃げることも不可能だと悟り最後の賭けに出た。それは伝承具〝髪被喪《かんひも》〟。人を呪いで浸食し違う形に変える事が出来るこの髪被喪《かんひも》に興味があり作成を行っていた。まさか自分に使う羽目にはるとは思わなかったが、これしかないと思った。髪被喪《かんひも》を腕に着け、屋敷の呪いを発動し、自害する。あの勇実という霊能者なら間違いなく祓うだろう。一度発動したリンフォンを容易く破壊した彼ならばどれだけの呪いで襲ったところで殺す事が出来るとは思えなかった。そして呪いが祓われれば当然すべて自分に戻ってくる。

そのとき、呪いを受ける自分の身体が、伝承具によって既に呪いとなっていたらどうなるだろうか。まったく予想が付かなかった。ただ、それでも無意味に死ぬよりはマシだと思った。

「まさか、まさかぁ。それがこんな結果になるなんてねぇ」

全身が黒く、至る所から髪の毛がうごめいている姿で笑う。本当にこんな結果になるとは思わなかった。まさか、返された呪いを髪被喪《かんひも》が吸収し、こうして自分の力に出来るとは思いもしなかった。恐らくもう自分はかつての自分ではないのだろう。人ではなく、ただの呪いになった。

だが、まだこの新しい自分を上手く操る事が出来ない。歩くことも出来ず、ただ、ゆっくり、奴らがいなくなってから逃げ出すだけで精一杯だった。

「この身体に慣れるまでどれだけ時間が掛かるか分かりませんが、待っていて下さいね勇実さん。また遊びましょうねぇ」

低く、暗い笑い声が山に木霊していた。

エピローグ

「聖女？」

「聖女様だ。敬称をつけなさいレイド。お前は勇者に選ばれたのだから」

目の前にいる小さな男の子がこちらを見て失礼な事を言った。私の周りにいた侍女たちが殺気立ち、ここへ案内した騎士たちも同じく鋭い気配を見せる。

とはいえそんな私はそれを失礼だとあまり思わなかった。それより興味を持った。初対面でこんな事を言った人は初めてだったから。

エマテスベル王国内にあるラクレタ教会。今代の勇者に選ばれたレイドが住むこの国に先日より聖女が来国したという話を受けて、大賢者ヴェノ、そしてまだ幼いレイドのふたりは教会に訪れていた。

ラクレタ教会は各国に点在しており、この世界の人類を救うための勇者を支え、共に力となるために存在している。歴代の聖女は皆、神に選ばれた存在であり、そのために神の声を神託として聞く事が出来る唯一の存在。だから皆が聖女を神格化して見ている。神の声を聴く代弁者としてだ。

「なあヴェノ。聖女って強いのか」

「だ、か、ら。聖女様な……まあ今代の新しい聖女様もお前と年が近い。案外いい友達になれるんじゃないか？」

「賢者様。その物言いは――」

「よいのです」

私の言葉に、殺気立っていた皆は口をつぐむ。

死ぬと次代に引き継がれる勇者とは違い、聖女は神が選ぶため、その代で長く聖女の任を全うする者もいれば、10年もしないで役が終わる者もいる。この辺りは法則性もなく神の気まぐれとしか言いようがない。

「せっかくです。私も勇者を担当するのは初めてのこと。よろしければお話ししましょう。さあふたりきりにしてください」

「聖女様。お言葉ですがこのような者と」

「彼は勇者。神に選ばれた存在。なら私とは切っても切れない関係でしょう。二度は言いません。さあ」

そこまで言うと渋々という様子で侍女や騎士が部屋を出ていく。

「私も行く。聖女様に失礼がないようにな」

「わかった」

「本当に頼むぞ？」

「任せろ」

そんな会話を聞きながら目の前の男の子を改めて観察する。整った顔立ち。綺麗な銀髪の男の子。先代勇者を見たことがない私からすれば初めて見る勇者。

「お前歳いくつだよ」

「5歳になりました」

「なんだ同い年か。名前は？」

私に名前を聞く人は初めてだ。本当に面白い人。

「では改めて。今代の聖女を務める事になりましたアーデルハイト・ラクレタと申します」

「アーデ、なんだって？」

「アーデルハイト・ラクレタです」

「そうか。俺はレイド・ゲルニカだ」

「はい。勇者様」

私がそう言うと分かりやすく不機嫌な顔をする。

「レイドでいい。お前も……長いな。アーデでいいだろ」

「……アーデですか？」

「ああ。その方が呼びやすいだろ」

新鮮だった。名前で呼ばれるという事が。ますますこの男の子が気になったのをよく覚えている。

「なんだ笑えるのか。随分つまらなそうな顔をしてると思ったけどそっちの方がいいんじゃないか」

「――そういうものでしょうか。でもそれで相手の心象がよくなるなら使い分けた方がよさそうですね。それよりなぜそう思ったのですか」

「そうって何がだ」

「つまらなそうな顔をしていると言ったでしょう」

「ああ。なんとなく気持ちが分かるからな。勇者ってものになってから誰も俺を見ようとしなくなった。勇者のレイドでしか誰も俺を見ようとしない。お前も似たようなもんじゃないのか？」

その言葉に私は本当に驚いた。誰にもいえない小さな不満。自己を抑えなければならない責任と立場。それでも、それでもと思ってしまっていた事。

「なんだ違うのか」

「いえ――確かに……そうなのかもしれません」

「だろ？　勇者はこんなことをするなとか、勇者ならこうしろとか色々煩いんだ」

「そうですね。私も似たような事は最初言われておりましたね」

「やっぱりな。だったら俺たちが2人でいるときは勇者と聖女じゃなくてさ、レイドとアーデってことで仲良くしようぜ」

「ええ。ではそうしましょうか。お互い特別な人ではなく、ただひとりの人間としてこれからも仲良くしていきましょう」


目が覚める。真っ白な部屋。調度品も殆どなく窓とベッドしかないいつもの部屋。

「随分懐かしい夢を見ました。これもレイドが原因です」

先日の話だ。レイドは王の命令に背き吸血鬼を逃がしたそうだ。人を喰うだけの不死の化け物。それを逃がすとは何事だと王が激怒していたと傍仕えの騎士に聞いた。だが真相は違うだろう。レイドが無暗に人を襲う化け物を逃がすとも、レイドから逃げられるとも思えない。ならば何か問題があったのだろう。そもそも私はあの吸血鬼退治は反対だった。

私はテーブルの上に置かれた花瓶に咲く一輪の花を見る。綺麗な蒼い花。名前は知らない、調べようとも思っていない。レイドが昔森で見つけたという綺麗な花。私が持っている唯一の個人的な物。枯らさないように魔法を注ぎ、そしてテーブルの上にあるベルを鳴らした。

「聖女様。お呼びでしょうか」

「ええ。城へ行き王と謁見に参ります。その先ぶれを」

「ああ。ならちょうど良かったかと。王から聖女様をお呼びするように連絡が来ております」

「王が？　わかりました。ではすぐに参りましょう」

私が城へ向かう馬車の中。城下町から様々な声が聞こえる。

「見て、聖女様の馬車よ。ああ、一目拝めないかしら」

「聖女様。世界最高の美。一度だけ絵画を見たことがあるが本当に美しかった！」

「本当にすごい美人だよな。まさに神の造形物って感じだぜ」

「ああ。一目、一目お目にかかりたいわ」

ゆっくり進む馬車に皆が足を止め、こちらへ顔を向ける。ある人は手を振り、ある人は頭を下げ、ある人は祈りを捧げている。よくも悪くもいつもの光景に私は笑みを張り付け僅かに見える窓から外へ手を振った。すると空気が破裂したかのように歓声が上がる。こうした人気取りも聖女の仕事であるといつから割り切っただろうか。どうしても国と折り合いの悪いレイドのために出来るだけ民心を得ようと努力している。出来るだけレイドが動きやすいように。だから王の機嫌を取りつつ何かしらレイドへ与えたであろう罰を何とかしなくてはならない。

いつもの事だ。そう思っていた。

「………今なんと」

「レイドが死んだ。次の勇者を選定せよ。そう申している」

「何かの間違いでは？　あのレイドが死ぬなんて」

「余の言葉を信じぬのか。奴は余の命に逆らった。その数日後、城下町の宿屋で消息を絶っている。荷物もそのまま、当初この国から逃げたのかと思い指名手配の準備を進めていたのだが荷物や金銭はそのまま。様子がおかしい。奴の養父ヴェノにも捜索を命じたが未だ見つからない。だから死んだのではないかと余は考えている」

ありえない。そう私の心は叫んでいる。あの人が、レイドが死ぬなんて想像も出来ないのだ。

「神託を。それで分かるはずであろう？」

「――わかりました。少々お待ちを」

頭が混乱している。だがこれ以上心を乱してはいけない。まず神に問う。勇者の存在を。両手を組み目を瞑る。光が私を中心に渦を巻き、神々しい光が周囲を満たす。そして頭に神の声が響いた。

「嘘――」

「どうした。早く申せ」

「……………これより3カ月後。新しい勇者が誕生する。その男の名はマイト。場所はここより南西方角の都市」

「ふむ。やはり死んだか。やはり余が勇者の称号を剥奪したため、すぐに新しい勇者が現れたな。読み通りだ」

違う。そもそもこの王にそんな資格はない。勇者の力を剥奪出来る存在なんていない。これはそういうシステムではない。だがそれを反論する気にもならない。

「失礼。教会での仕事が残っております。戻ってもよろしいですか」

「ああ。よいぞ。3カ月後新しい勇者を連れてまたここへ来い」

「では失礼いたしますね」

私は必死に張り付けた笑みでその場を後にする。まだ情報を整理できていない。レイドが死んだ？ ありえない。ならなぜ勇者の力が別の人に移譲しているのか。だめだ。何もかも不足している。

私は笑みを浮かべながら自室に戻る。ゆっくりと何もない白い部屋を歩く。気が付くといつものテーブルがある場所まで歩いていた。ふと目の前に蒼い綺麗な花が視界に入る。

『よおアーデ。相変わらず固い顔してるな。っていうか殺風景すぎるだろこの部屋。ほら花でも飾れって』

ゆっくり花に触れる。どうして。どうして。どうして。そんな思いが溢れて止まらない。

「レイド。何やっているのですか、――――馬鹿」

冷たい雫が頬を伝った。

2巻に続く

書き下ろしSS

利奈の肝試し

「ねぇやっぱやめない？」

「何言ってるのよ利奈。今日隼人《はやと》君もくるんだよ！　チャンスじゃん！」

「私、霊感あるんだけど、あそこヤバイって」

この肝試しが決まったのは今日の放課後だった。バスケ部の終わりに、親友の明菜《あきな》からこんな提案があったのだ。

「今日の夜に、廃墟に肝試しに行かない？」

「肝試し？」

部活が終わり、更衣室で着替えているときだ。そんな話を明菜からされた。明菜は大のホラー好きで、お化け屋敷や肝試し。そういうものが大好物だ。私は嫌いではないが、好きでもない。そんな感じ。

お母さんの家系的に霊感持ちが多いらしく、私も若干だが霊感がある。だから、そういう場所に行くなって言われてるので私も行かないようにしている。憑いてくる場合もあれば、その場所にいる霊を怒らせることだってある。だから遊び半分で絶対に行ってはいけないと何度も言われた。

「やめたほうがいいよ。遊びで行くと碌なことにならないって言うし……」

「でもさ、実は隼人君から誘われたの。利奈と一緒に肝試しに行かないかって」

渋谷《しぶたに》隼人。バスケ部のエースでイケメンの男子だ。金髪に染めているため、ちょっと近寄りにくい雰囲気があるけど、そこがいいっていう子がいるのがよく分からない。彼の彼女になろうと狙っている女子は多い。ちなみに明菜もその一人だ。私はちょっと苦手。チャラチャラした人はなんか嫌だ。

「隼人君ともう一人は雄太《ゆうた》だって！」

「あんまり話した事ないいんだけど……」

「いっつも雄太って利奈のことを見てるから狙ってるんじゃない？　結構イケメンだし付き合っちゃえば？」

「嫌だよ。小山《おやま》っていつも私の胸見てるし、視線が何かキモイ……」

同級生の中ではそれなりに育っている方のため、男子の視線には敏感だ。どうしてもバスケは走ったり飛んだりするからちゃんとサイズのあったスポブラをしないと胸が揺れて痛い。そして男子がそれを見ている視線を感じて、本当にいつも気持ち悪いと思っている。それこそ、明菜が好きな渋谷からもそんな視線を感じる。

「そう？　お似合いだと思うけど。お試しで付き合ってもよくない？」

「絶対嫌。もう帰っていい？」

「えぇ～!?　お願い！　隼人君にはＯＫって言っちゃったの！　ね！　私の為に付き合ってよ！」

「……もう、何で勝手にＯＫ出してるのよ」

明菜は最近変わってしまったように思う。前は本当に仲良しで親友だと胸を張って言えた。でも、最近は私を見る目が何かおかしい。やたらと私を男子とくっつけようとしているのだ。先月はサッカー部のキャプテンから告白され、断ったら何故かキレられた。どういう訳か知らないが私はそのサッカー部のキャプテンが好きで、でも奥手だから告白できずにいる、そんな話を彼は聞いたらしい。

私には記憶に無い。そもそもクラスも違うから、名前も知らないっていうのに。

この犯人は明菜だった。告白の件を愚痴で話したら【利奈ってあの人の事好きじゃなかったの？】なんて言われた。否定したら、【練習風景を見てるなって思ったから好きなんだと思ったよ。でもイケメンだし付き合っちゃえば？】と言われて呆然とした。

別に好きじゃなくても練習風景ぐらい見るし、話しかけられたら会話だってする。だというのに明菜は私が少し話した男子や目線が合った男子なんかを見ると、その男子とくっつけようとするのだ。

付き合ってみれば？

結構お似合いだと思うよ。

お試しで付き合ってもいいと思うけど、等々。

最近はそんな話ばかりだ。でも、鈍感な私でも薄々気づきつつある。

明菜は私に渋谷を取られたくないのだ。

だから早く私を誰かとくっつけてしまいたいのだろう。私と話した独身の男性教師すら薦めてくる明菜だが、絶対に同じ部活の渋谷の名前は出さない。そんな心配をしなくても絶対にそれはない。

遠まわしに渋谷は苦手だと説明しても、理解してくれない。やはり直接言わないと駄目なのかな。

「あのね明菜」

「……どうしたの？　怖い顔して」

「はっきり言っておくけど、私誰とも付き合うつもりないの。小山も、渋谷も一緒よ。だから変に私を誰かと付き合わせようとしないで」

明菜の目を見てはっきりと言った。私の言いたい事は伝わるだろうか。

「……不安なの」

私から目線を零し、明菜は呟くように言った。

「私ね、隼人君のことが好き。付き合いたい。隼人君がしたいことは何でもしてあげたい」

低く、どこか重い声で明菜は呟く。気付けば明菜は私の手を両手で握っている。

「でも、隼人君はまだ私を見てくれない。利奈のことばっかり見てる。ねぇとらないで！　本当に好きなの！」

「い、いたいよ」

握られた手が段々と力が強くなっている。血が止まり白くなってきているくらいだ。

「とらないよ！　そもそも渋谷のこと好きじゃないし」

「だったら告られても付き合わない!?　絶対に!?」

「付き合わないよ！　いいから手離してッ！」

必死に手を振りほどく。部活が終わって疲れてるのに、何でまたこんなに疲れないといけないのよ。明菜も長い髪が少しボサボサになって少し虚ろな目でこっちを見ている。

「だったら協力してよ、いいでしょ!? 私達友達なんだから！」

友達。そう、友達だ。親友だとさえ思っていた。でも、明菜。本当の友達なら自分の恋路のために好きでもなんでもない人と付き合わせようとはしないよ。同じ人を好きになったのならライバル同士足の引っ張り合いはあるかもだけど、はっきりと好きじゃないって言った相手を無理やり巻き込んで自分の都合に付き合わせるのは違うと思う。

明菜の狂気を感じるような瞳を見て息を呑む。そこまで人を好きになれるという事が羨ましくもあり、怖くもある。

「……これが最後よ。もうこれっきり。その後はもう協力しない。でも勘違いしないで、渋谷と付き合いたいって事じゃなくて、明菜と渋谷をくっつけることに私は協力しないって事」

「どうしてよ……」

「明菜の言う協力が、私が誰かと付き合うって事だからよ。何で明菜のために好きでもない人と付き合わないといけないの？」

「言ったでしょ、隼人君。多分利奈のこと好きだと思う。諦めてもらうにはそれしかないもの」

渋谷が私を？ 想像すると背筋が振るえる。絶対無理。

「だったら学校外で彼氏いるってことにしてよ。それなら良くない？」

「無理よ。利奈バイトもしてないし、急に外に彼氏いるって言われても誰も納得しない」

「いいや、それでいきましょ。今日の肝試しのときにさり気無く言ってみるわ」

「でも……」

「もうそれでいきましょ、で何時からどこでやるの？」

適当に彼氏像を作るとしよう。設定はどうしようか。背の高い人が好きだから当然高身長にするとして、じゃあ、ナンパから助けて貰って、そのまま一目惚れとかにしようか。こういうときバイトしてればバイト先って言えるんだけどな。

「今日の21時に北熊駅から歩いて20分くらいのラブホ。今は廃墟になってるらしくて、割れた窓から入れるらしいの」

「……はぁ」

深夜の廃墟になったラブホに若い二組の男女って……これ絶対危ない。幽霊からじゃなくて、人間から身を守らないとだめだ。

「ねぇ、分かってる？」

「え、何が？」

首を傾げる明菜を見てため息が出そうになるのを我慢する。恋は盲目というが、これはあからさまだ。

「ねぇ本当に4人だけ？」

「うん、そう聞いてるよ」

「——一応備えておくかな」

気のせいならいい。でも、深夜誰もいないラブホの廃墟。色々と揃いすぎている。恋は盲目というが、盲目どころか思考を放棄しているような気がする。

(私が助けないと駄目だよね)


深夜コンビニ前に4人の男女が集まっている。

「ねぇその格好何?」

「何って?」

「そのダサいパーカーよ、普段は着ないじゃん」

合流した渋谷と小山は先頭を歩き、今回の目的地まで移動している。その後ろに付いて歩いているときに明菜から小声で苦情を言われていた。

「別にいいでしょ。興味ない男子ふたりに可愛い格好するだけ時間の無駄だし、お兄ちゃんから借りたパーカーなら身体のラインも出ないから目線も気にならないからさ」

「まぁいいけどさ」

「それよりさっきふたりからジュース貰ったでしょ。それキャップが開いてたりしない?」

「え?」

私がそう言うと明菜は手に持ったペットボトルのキャップをゆっくりと回す。すると、何の抵抗もなくキャップが空いた。

「あれ、開いてる。キャップを緩めておいてくれたのかな」

「……それ絶対飲まないでね」

思ったより不味いかもと思った。元々渋谷の兄には変な噂がある。暴走族の幹部だの、ヤクザの下っ端だの、色々だ。いつの時代だと言いたくなるが、実際に厳つい人達と一緒に歩いているのを見た事がある人もいるらしい。だから、男子は誰も隼人に逆らわない。後ろにいる兄が怖いからだ。そんな繋がりが噂される隼人が用意した飲み物なんて絶対に口に出来ない。変な薬でも入ってるんじゃないかと邪推してしまうのだ。

前を歩くふたりの後に続いていく。普段この辺りには来ないが、いわゆる風俗街というのだろうか。一本道を奥へ進めばそういった店が多く並んでいるようだ。ビルの前に売り子と思われる女の人がタバコを吸いながら待っているのが見える。この辺りはラブホテルも多く、今回の目的地である廃墟となったラブホテルも近くにあるようだ。

「着いたぜ」

「へぇここか。雰囲気あるじゃん。よく見つけたな隼人」

「だろ。確かここで殺された女の霊がいるって噂があんだってさ」

「えぇ～。隼人君、私怖いな……」

通りから少し離れた場所にぽつんとその廃墟はあった。既に朽ちているのか、いたるところが錆だらけだ。窓ガラスもほとんど割れているところを見ると、私達のように肝試し目的で入ろうとする人が多いのだろう。こういった場所は建て直すのもお金が掛かり、また買い手もいないため放置されている場合が多いらしい。

「あそこの窓から入れるみたいだし、行ってみようぜ」

そう言うと隼人と雄太はスマホの背面からライトを照らし、先頭を歩いて入っていく。その後に続こうとして私は足を止めた。

『フフフフフ』

すぐに周りを見る。誰もいない。背筋に冷たい汗が流れるのを感じた。本当にいる。偶にしか見えないレベルの私が声まで聞こえるなんて、ちょっとまずいかも。

「ねぇ、今笑い声が聞こえなかった？」

「ちょっと、利奈やめてよ」

「ははは、山城って結構怖がり？　ほら手繋げば大丈夫だろ」

先頭を歩いていた渋谷が笑いながら手を出してきた。冗談じゃない、誰がお前の手なんて掴むか。

「大丈夫！　明菜に捕まってるから」

出来るだけ空気を壊さず回避するため、明菜の腕に手を回した。

「なんだよ。せっかくの男女で肝試しなんだしさ。女子同士でくっつくことなくね？」

「だよなぁ」

渋谷の言葉に小山も同調するように声を出す。

「いいでしょ、なんで男子に掴まらないといけないのよ。ほら行かないの？」

「わかったわかった」

そう言うと渋谷達は笑いながら、先へ進んでいった。その後に続くように私と明菜もついていく。

割れた窓に手を置き、身体を通す。結構大きめの窓だったので問題なく入れた。

建物の中に入ると一気に気温が下がったように感じる。入った部屋は机や壊れたモニターなどがあり、元々はどこかの事務室のようであった。どうも視線を感じる。そこまで強い感じはしないけど、これあんまり長居しないほうが良さそうだ。

「ここ受付だな」

「へぇそうなん？」

「あぁ、あそこに隙間があるだろ、あそこから客に鍵を渡すんだよ」

壁に掛かったキーケースにずらりと鍵が並んでいる。所々鍵がない場所もあるため、その前に入った人達が持っていったのだろうか。渋谷が指を差す場所を見ると、厚手の曇りガラスがあり、下の方に鍵を受け渡すだろう隙間があった。

「へぇ、流石渋谷、詳しいな」

「あぁ元カノと来た事あるからな」

そう言いながら渋谷は近くの扉のノブを捻り、扉を開けた。薄暗い廊下のような場所が見える。その奥に階段があり――。

その踊り場から顔がのぞいていた。

鳥肌が立つ。私達の前に入った誰かのいたずら？　いや、違う。

普通の人間はあんな高い所から真横に顔を出すことなんて出来ない。

まずい。これ思ったより強い霊かもしれない。

「よし、あそこの階段から上に上がれるんだ。で、提案なんだけどさ。ここから二手に分かれようぜ」

渋谷がこちらを見てそう言った。私は慌ててもう一度踊り場のほうを見る。だが、そこにはもう顔はない。

「いいね！　肝試しっぽいじゃん」

「うん。いいよ。でもどうやって人を分けるの？」

小山と明菜の声がどこか遠く聞こえる。この状況で二手に分かれるという最悪な状況をどう回避できるかを頭の中で一生懸命考える。強引に４人で行動しようと言うべきか？

「危ないし、４人で行動しようよ」

そう言ったとき、パーカーの袖を明菜に引っ張られた。顔を見るとこちらを真剣な様子で、どこか思いつめたように見ている。もしかして、二手に別れるのに賛成って事？　お願い、冷静になって。

「聞いて、明菜。ここ本当に危ないと思うの」

そう諭すように言っても明菜は唇を噛み、首を横に振る。あぁ本当に盲目というか、なんというか。

「――じゃあ、明菜。これお守りあげる。一応持ってってって」

「え……？」

私はパーカーの袖の中で隠してたある物を明菜の手に渡した。それを受け取った明菜は少し怪訝な顔をしたが、一応受け取ってくれたようだ。

「ちゃんと手に持っててね。鞄にしまっちゃだめだよ」

「……うん」

これで一応は大丈夫だろうか。不安は消えない。

「なんだ山城ってお守り持って来てたの。かわいいじゃん」

「ほんとな。じゃ、もういいよな、よし俺たちは3階に行こうぜ」

そう言うと小山は明菜の手を握って移動しようとした。

「……え？」

「どうした？　早く行こうぜ」

「え、で、でも」

連れて行こうとする小山の顔を見て困惑している様子の明菜。そしていつの間にか横にいた渋谷が私の手を握ってきた。

「じゃ、俺たちは2階に行こうか」

「ま、待って。もう組み合わせ決まってるの？」

「実はさ、雄太の奴。鈴木の事狙ってんだ。だから協力してよ。ね？」

そう私の耳元で、小声で話す。まずい、先手を取られた。私がさっさと小山と奥に行くべきだったのだ。最悪、小山ならどうとでも対処できると思ったのに……。

明菜の顔を見る。

「――ッ」

その顔には感情がなかった。いや、目にだけはしっかりと怒りの表情が見て取れる。ゆっくり明菜の口が動く。

「待って明菜——」

「ほら、行こうぜ」

雄太は明菜の手を掴みそのまま階段の先に行ってしまった。最後までこちらを見ていた明菜の表情が忘れられない。それに、明菜は最後。こう言っていた。

裏切り者、と。

渋谷とふたりで廃墟になったラブホの廊下を歩く。それなりに大きな建物で部屋数も多く、L字型に曲がった廊下だ。扉が閉まっている場所はほとんどなく、すべて開いている。もっとも、壊して開けたという様子だが。

「山城怖いんだろ。手繋ごうぜ」

「大丈夫だよ、気にしないで」

出来るだけ距離を離して歩いているが、それでも向こうから寄って来るため、なかなか思ったように歩けない。

「ほら、近くに来ないと危ないぜ」

そう言ってスマホのライトで廊下を照らすと、汚れたタオルやシーツ、偶に割れたガラスなんかが散乱している。

「大丈夫、私暗い所でも結構見えるし、それにスニーカーで来てるから」

「そういや、随分ラフな格好だよな。鈴木とかめっちゃ気合入ってたから最初見たとき驚いちゃったぜ」

そりゃ好きな男と一緒に肝試しだから気合を入れてきたのだ。それこそ、悲鳴を上げて抱きつけるチャンスを狙っていたに違いない。

「山城ってさ」

そう言って更に一歩私に近付いてくる渋谷。思わず私は後ろに下がった。

「……なに？」

「いやさ、好きな奴とかいるの？」

ゆっくり近付いてくる渋谷が怖く。更に後ろに下がる。すると私の背中が何かにぶつかった。壁？いや、腰にドアノブが当たってるから扉だ。

「……どうしてそんな事聞くの？」

「分かるだろ、俺さ。山城の事が好きなんだ。付き合わないか？」

もうこれ以上は後ろに下がれない。後頭部を扉に押し付けて、少しでも距離を取ろうとするが、直ぐ近くに渋谷の手が置かれ、横にも移動できなくなった。

「ごめん、私……彼氏いるから無理」

「嘘つけって。傷つくなぁ、俺じゃだめ？」

「本当……だから。いいから、離れてよッ！」

思いっきり渋谷の身体を押そうとするが、力が入らない。腕が震えてる。これじゃ腕に力が入れられない。

「山城ってさ、男子に人気あるんだぜ。知ってる？」

「し、知らない」

「ふうん。まぁいいや。せっかくだしさ、ちょっとそこで――」

「いやあぁぁぁああ！！！」

悲鳴が聞こえた。間違いない、明菜の声だ。

「なんだ、雄太の野郎。何だかんだ楽しんでんじゃんか」

どっちの意味の悲鳴かわからない。でも助けにいかないと。震えていた手に力を入れて、何とか渋谷を押し、私は廊下を走った。

「おいッ！　どこ行くんだよ！」

後ろから渋谷が大声を上げて追ってくるのを感じる。私は来た道を走って戻り、3階へ上る。そこは2階と同じ薄暗い廊下だが、構造は2階とほぼ一緒だ。

「うがあぁあぁあ」

今度は男の叫び声だ。その声のする方へ走り、扉を開けようとするが開かない。私は力いっぱい扉を叩いた。

「明菜ッ！　開けて！　大丈夫!?」

手が痛くなるくらい、思いっきり叩いたが、奥から返事がない。

「明菜ッ！　ここを――キャッ!!」

「山城さぁ。空気読めよ」

扉を叩いてた腕を、追いかけてきた渋谷に思いっきり掴まれた。男子の握力で思いっきり掴まれてるせいか、かなり痛い。

「痛いッ、放してッ!!」

「うるさいな。なんで逃げるわけ？　他の女子だったら喜んでるところなんだけど」

すぐ隣でニヤニヤと笑っている渋谷の顔を思いっきり睨みつける。

「いいから、放してよッ！」

思いっきり腕を動かし、振りほどこうとしたら、誤って渋谷の顔を叩いてしまった。

「ってぇな。何すんだてめぇ！」

「うッ——やめて」

胸倉を掴まれる、視界は渋谷の怒りの表情でいっぱいだ。やっぱりこんな所来るんじゃなかった。

明菜は大丈夫だろうか。

「おら、こっちこいよ。ちょうどそこ開いてるからよ」

「嫌ァァッ！」

情けないけど大声を上げるが、やっぱり力じゃ敵わない。渋谷に無理やり隣の部屋に連れ込まれ、ボロボロのソファーベッドの上に突き飛ばされた。

「大人しくしとけば乱暴しなかったのによぉ。ほら今後逆らえないように調教してやんよ」

シャツのボタンを外しながら渋谷がこちらに迫ってくる。何か、投げるようなものはないかと周りを見て、電話機があったので投げようとしたが、固定されていて動かせなかった。

「諦めろよ、山城」

もう駄目かと思い目に涙が溢れてくると、扉に人影がある。

「くっそ、あの女ッ！　変なスプレー使いやがって！！！」

「あ、なんだよ雄太。ビビらせんなって」

小山雄太が目を抑え、この部屋の中に入ってきた。

「あれ、鈴木はどうしたん？」

「それがよぉ。あいつへんなスプレーを俺に噴射しやがって、逃げちまった！　くっそッ！　目が痛えぇ!!」

明菜が逃げた。私があのとき、渡したお守り。暴漢スプレーを使ったようだ。ホッとする気持ちは既にどこかへ消えた。だって、この廃墟の一室に私は男子ふたりに囲まれている。散々気をつけようとしていたのに、結果はどうだろうか。このままでは、私はこのふたりに乱暴される。逃げられそうにない。あぁこんな事なら早く好きな人を見つけておけばよかった。

あふれ出る涙が止まらない。手も震えており、このままだと失禁しそうだ。

「お前はそこで見てろ、雄太」

「あぁ!?　なんでだよ！　見てるだけかよ！」

「うるせぇな、それで我慢しろ」

「くそッ！」

もう死んでしまいたい。好きでもない男子に触られるのも、見られるのも死ぬほど嫌だ。涙で霞む目でふたりのやり取りを見ていると、開いた扉からまた人影が見えた。まさか、明菜が助けにきてくれた……？　そう一瞬考えたが、違った。

そこにいたのは、長い髪に所々血だらけになったボロボロの服。血走った目で、小山を、渋谷を、そして私を見ている。身体が震え始める。先ほどとは違った震えだ。これは貞操の危機による震えではもうない。純粋に、命の危険を感じた本能による震えだ。

「……お、おい。雄太、お前、後ろの――誰だ？」

「は？　何言ってんだ、こんなときに冗談かよ」

「ちげぇって！　お前、後ろの奴なんだよ!!」

どうやら渋谷には見えているようだ。あの女の霊が――。

渋谷の様子から冗談ではないと悟ったであろう小山は恐る恐る後ろを振り返る。そして見えたのだろう。

「あ、あ――あああああッッ!!」

一目散に走って逃げた。それを見た渋谷も小山の後ろに続くように走ってその場を後にする。助かった……？　もう一度扉の方を見ると、誰もいない。今のうちだ。

「に、逃げなきゃ……」

足に力を入れて、ゆっくりとベッドから立ち上がる。恐る恐る廊下を見るが、誰もいない。そして部屋から出て廊下に足を踏み出したそのときだ。

『アナタ、モ、イッショ』

後ろから声が聞こえる。いや、それだけじゃない。明らかに肩に髪の毛が乗っている感触まで感じる。耳元に息が掛かってる？　不味い、こんなにはっきり見えただけでもヤバイのに。一体だけじゃない。今ならはっきり分かる。ここには何体かの霊がいる！

走った。一目散に廊下を走り、転ぶように階段を下りて、受付の所まで行った。そこで私は一瞬考えた。このまま同じ場所から逃げたとして、もしかしてそこであのふたりが待ち構えている可能性があるんじゃないだろうか。

その考えが頭に過ぎった瞬間。私の行動は早かった。近くにあったもう枯れている観葉植物の植木鉢を持って、入り口の自動ドアに向かって思いっきり投げる。

ガチャンと自動ドアのガラスが割れるのを確認して、私はそこから逃げ出した。

流れる汗が目に入るのも気にせず、外に出て私は走った。一瞬だけ、最初に来た窓ガラスの方を見ると、少し離れた所であのふたりがいるのが見えた。恐らく私があそこから出てくるの待っているとすぐに分かり、すぐに走る道を変更した。伊達に部活でずっと走っているわけじゃない。体力には自信がある。

『イッショニ、イッショニ、イッショニ、イッショニ、イッショニ、イッショニ』

ずっと、後ろから声が聞こえる。どれだけ腕を振り、足を動かしても全然距離が離れる気配がない。涙が流れる。なんで、私についてくるの。ついていくなら、あの男子の方に行ってよ。

夢中で、ひたすら走った。後ろから追いかけてくる霊を撒くために。

そうして走って、走って、もう走れなくなって。それでも止まるのが怖くて、早歩きになった頃だ。

「ごめんね、ちょっといいかな」

「ひッ！　え、だ、誰ですか？」

私は彼に出会ったのだ。

あとがき

ここまで読んで頂き、またこちらの書籍を手に取って頂き、誠にありがとうございます。

小説の書き方なども知らない素人の私がこういう話は面白いのではないか？　と考え、当時は個人で楽しむ程度のつもりで最初に書いていたお話でした。

元々怖い話が好きで、今も寝るときは必ず動画サイトに投稿されている怖い話を垂れ流しながら寝ています。ただ聞いているうちに寝てしまい、「あれこの話聞いたけど覚えてないぞ？」という事が多々あります。そんな聞いた話を元に自分なりに物語に落とし込みながら設定や大まかな話の流れだけを考えており、少しずつお話を作っていました。

このお話に出てくるいわゆるネットの怖い話は結構有名かと思います。

この作品で出てきたものだと、猿夢、八尺様、リンフォン、かんひもなど非常に有名かなと思います。参考は主にYouTubeの動画です。猿夢はシンプルでしたが、八尺様、リンフォン、かんひもなどは少しオリジナルが入っています。

八尺様は取り憑いて殺すという話なのですが、どう殺されるのか具体的なことがどこにも書いておらず少しその部分はイメージを膨らませました。また、リンフォンなども最後は地獄の扉が開くというお話なのですが、どう地獄が開くのか？　という部分も少し悩みました。

伝承霊エピソードにも書かれておりましたが、それらは有名な怪談を現実に呼び起こすという、区座里が作った霊です。そういう想像をまとめていき、文章を書いているうちに、ネット小説という場所に掲載してみようかなという欲求を抑えきれず投稿したのが始まりになります。

思えば文法や小説の書き方などまったく知らず、私の作品を読んでくださった読者様からご指摘を頂き少しずつ勉強を積み重ねていきました。

今も小説として成立している文法なのか、そう聞かれるとはっきりいって自信がありません。ただはっきり言えるのはこのお話が出来たのは私ひとりの力ではなく多くの読者様の応援コメントなどに支えられて作れた作品だなと思っています。

会社員としても普通に働いている中の時間で書いているため、長い時間お待たせしてしまう事もあった中、ずっと応援して下さった方のお陰でこうして執筆をする者にとっての1つのゴールに辿り着けたと思います。

もっともここが終わりという訳ではなく、変わらず私の作品を読んでくださった方を楽しませられるような物語を紡いでいきたいなと思っています。


そしてそのキャラクターデザインを担当して下さいました朝日川日和様にはこの場を借りて感謝を申し上げさせて頂ければと思います。私の拙い文章と大雑把な注文で、ここまで想像していたキャラクターを作って頂き、本当にすごい人だなと感動しました。

見せて頂けるラフなどで感動し、完成した絵を見てまた感動し、そのモチベーションでまた怖い話を書いていました。

2025年1月　カール

Kinetic Novels

キネティックノベルス

追《つい》放《ほう》された異《い》世《せ》界《かい》勇《ゆう》者《しゃ》 1

～地《ち》球《きゅう》に転《てん》移《い》してインチキ霊《れい》能《のう》者《しゃ》になる～

2025年 2月28日　初版第１刷 発行

■著　　者　　カール
■イラスト　　朝日川日和

発行人：天雲玄樹（ビジュアルアーツ）
編集人：豊泉香城（ビジュアルアーツ）
企　画：キネティックノベル大賞
編　集：黛宏和（パラダイム）
編集協力：M

発行元：株式会社ビジュアルアーツ
〒556-0011
大阪府大阪市浪速区難波中2丁目10番70号
パークスタワー17階
TEL 06-6567-9252

発売元：株式会社パラダイム
〒166-0004
東京都杉並区阿佐谷南1-36-4 三幸ビル4A
TEL 03-5306-6921

印刷所：中央精版印刷株式会社

ISBN978-4-8015-2509-2　　Kinetic Novels 009

KN
Kinetic Novels
好評発売中
空想力学少女とぼくの中二病
〜転校初日にキスした美少女は、アオハル大好きな人魚姫でした〜
想い出を集める自称人魚姫とのひと夏の冒険！
「ぱんぱかぱーん！ ふっかーつ！私、ふっかーつ！」
著：雪車町地蔵
画：さとみよしたか

著：森たん
画：もりのみのり
夢は大物ハンティング！ 収納スキルの意外な戦闘法は!?
どんな巨獣も俺が狩る!!
〔収納《ITEM》空間《BOX》〕を極める男
〜俺はモンスターを狩りたいだけなのにぃ！〜

著：サンボン
画：濱田麻里
戦うヒロインを支える料理が、愛情たっぷりで待っている！
最強ピンク！ オトメの敵を瞬殺無双！
戦隊ヒロインのこよみさんは、いつもごはんを邪魔される！